영혼의 정원

영혼의 정원

자연의 사계절과
삶의 사계절을 담은
명상록

스태니슬라우스 케네디

이해인 · 이진 옮김

삶의 여정에 필요한 위로와 위안

저의 상념들을 글로 옮겨둔 것은 책으로 엮기 위해서라기보다는 제 자신을 찾기 위한 것이었습니다. 그렇게 함으로써 하느님과 함께, 하느님께로 나아가는 영혼의 항해는 더욱 심오해졌으며, 놀라운 사람들과 아름다운 피조물로 가득한 세상 속으로의 여행에도 보다 마음을 다하게 되었습니다. 제 글을 읽은 모든 이들이, 저마다의 삶의 여정에 필요한 위로와 위안을 얻기를 기원합니다.

이 책을 쓰도록 끊임없이 용기를 북돋워준 타운 하우스의 테레사 코디에게 진심으로 감사를 표합니다. 편집 작업에서 너무도 큰 도움을 준 쇼브한 파킨슨, 이 책의 초고를 타이핑해준 실레 윌에게도 진심으로 감사합니다. 마지막으로 지금까지 제 삶에 영감을 주어 어떤 식으로든 이 책 속에 존재하는 수많은 이들에게 감사의 인사를 전합니다.

스태니슬라우스 케네디

자연의 사계절과 삶의 사계절을 담은 명상록

스태니슬라우스 케네디 수녀의 『영혼의 정원』은 우리 모두가 삶이라는 큰 정원에서 날마다 자신의 삶과 영혼을 잘 가꾸어가야 할 정원사들임을 시사해줍니다.

아일랜드에서 매우 영향력 있는 인물로 존경받는 스탠 수녀는 집 없는 이들을 돕기 위한 기구 창설에 이어, 더블린 중심에 몸과 마음이 지친 이들을 위한 쉼터(Sanctuary)를 열기도 하였습니다. "일을 할 적에는 기도하는 마음을 들고 가고, 한참 활동하다가는 다시 고요한 기도로 돌아오곤 합니다. 이 둘은 서로 조화를 이루지요"라고 그가 고백하듯이 활동과 관상을 잘 조화시키는 한 수도자의 모습이 『영혼의 정원』에도 그대로 드러나 있습니다.

스탠 수녀의 명상록은 그가 가려 뽑은 짧은 명언들과 더불어 우리에게 감칠맛 나는 선물이 되어줍니다. 그가 정성껏 풀어놓은 자신의 경험담도 아름답지만 성서, 시편, 성인들의 어록 외에도 파스칼, 톨스토이, 셰익스피어, 헤밍웨이, 헨리 데이비드 소로, 존 밀턴, 윌리엄 블레이크, 본회퍼, 카비르, 토머스 머튼, 칼릴 지브란, 아인슈타인, 공자, 노자 등 각각 생각의 주제로 하나씩 붙여놓은 구절들은 모두 다 밑줄을 긋고 외우고 싶을 만큼 멋과 향기 가득한 여운을 남깁니다.

지혜의 어록들 중 몇 가지만 예를 들어보겠습니다.

> 감사하는 마음을 가지는 것은 우리의 인생이야말로 고맙다는 인사를 해야 할 큰 선물임을 깨닫는 것을 의미한다. **헨리 나우웬**

분주하게 움직이는 중에도 잠시 조용한 시간을 갖고 평화로움 속에서 살아 있음을 음미하는 법을 배워야 한다. **인디라 간디**

하루의 질을 높이는 것이야말로 가장 고귀한 예술이다. **헨리 데이비드 소로**

내 영혼은 지상의 아름다움을 통하지 않고서는 천국에 이르는 계단을 찾을 수가 없다. **미켈란젤로 부오나로티**

배움을 얻고자 한다면 매일 한 가지씩 익혀라. 지혜를 얻고자 한다면 매일 한 가지씩 버려라. **노자**

흥미 위주의 자극적인 맛을 기대하는 독자에게는 이 책이 조금 실망스러울 수도 있을 만큼 은은하고 평범한 일상의 이야기를 담고 있다고 여겨지겠지만, 그러기에 오히려 신뢰가 갑니다. 우리가 늘 먹어도 물리지 않는 주식처럼 담백하고 편안하게 읽힙니다. 이 책은 굳이 차례대로 읽을 필요가 없고 듬성듬성 찾아 읽어도 좋습니다. 숲 속을 거닐다 나뭇잎 한 장 줍듯, 바닷가를 산책하다 하얀 조가비 한 개 줍듯 가벼운 마음으로 천천히 읽어보십시오. 혼자서 읽다가 마음에 드는 구절이 있으면 책갈피로 표시해두었다 생일을 맞는 친지들의 카드 속에 한마디씩 적어주어도 좋을 것입니다.

영혼을 울리는 잠언들은 어린 시절부터 저에게 선하게 살고 싶은 열망과 시적인 영감을 주었으며 이 책도 그러합니다. 이미 여러 종류의 좋은 책을 번역한 조카와 함께 이렇게 아름다운 공동 작업을 할 수 있었음을 기쁘게 생각합니다. 독자에게 좀 더 쉽고 친숙하게 읽히도록 개정 작업을 해준 열림원에도 깊은 고마움을 전합니다.

부산 광안리 바다가 보이는 수녀원에서
2009년 3월 이해인

침묵과 고요함,
지금 이 순간이야말로
새로운 시작이고, 잠시 멈추고
침묵해야 할 시간이며,
귀 기울이고 꿈꾸어야 할
시간입니다

1월과 2월, 정원은 조용히 자라고 있지만 사람의 눈에는 보이지 않습니다. 흙과 돌의 갈색과 회색빛 외에는 빛깔을 찾을 수도 없습니다. 향기도 없고, 소리도 없으며, 생명의 징후조차 보이지 않습니다. 그러나 우리는 알고 있습니다. 눈에 보이지 않지만 정원 안에서 많은 일들이 일어나고 있다는 것을, 비록 땅 위에는 서리가 내렸을지라도 지구의 온기가 남아 있는 저 땅속에서는 뿌리들이 봄을 준비하고 있고 생명이 꿈틀거린다는 것을, 비록 지금은 볼품없지만 그들이 밝은 세상을 향한 모험을 준비하고 있다는 것을 우리는 또한 알고 있습니다.

이 시간은 준비와 기다림의 시간이며, 여름의 정원을 설계하고, 가능성을 생각해보는 시간입니다. 우리는 침묵과 고독 속에서 정원을 서성이며, 아직 자라지 않은 싹들이 다음 달에는 어떤 모습이 될지를 예측해보고, 어디다 무엇을 심을지를 결정하고, 땅속에서 일어나는 씨앗과 싹의 움직임을 머릿속에 그려봅니다. 지금은 인내의 시간이며 관찰의 시간입니다.

1월과 2월은 고요한 영혼의 정원과 만나는 시간입니다. 인내심을 갖고, 내면의 힘과 아름다움의 씨앗을 발견하는 시간입니다. 비로소 우리는, 그동안 우리가 침묵이 이방인으로 느껴질 만큼 분주한 일상을 살아왔음을 깨닫습니다.

당신의 감정이 아무에게도 방해받지 않고
조용히 발전하도록 내버려두라.
세상의 모든 발전은
내면 깊은 곳으로부터 우러나온 것이어야 하며,
강요할 수도 재촉할 수도 없는 것이다.
모든 탄생에는 기다림의 시간이 있다.

라이너 마리아 릴케 _ 시인

제1주 겨울의 정원은 우리가 늘 외면하고 싶어 하는 우리 마음속의 어두운 한 귀퉁이와 같습니다.

1월 1일

우리 마음속의 고요한 성역은 사랑의 힘을 자라게 하고 그것을 세상에 퍼뜨리는 곳입니다.

보조를 맞추어 걷지 못하는 사람이 있다면
그것은 그가 자기만의 북소리를 듣기 때문이다.
그로 하여금 그가 듣는 음악에 맞추어 걷게 하라.
그 박자가 평범한 것이든 독특한 것이든 상관하지 말라.

헨리 데이비드 소로 _ 시인·사상가

1월 2일

누구나 자기 자신의 모습으로 돌아가는 시간이 필요합니다. 그것
은 다른 사람들과 다른 옷차림을 하고, 다르게 행동하고, 다른 신
념을 가지라는 의미가 아닙니다. 군대에서나 그 외의 협력이 필요
한 일처럼 통일성이 요구되는 상황에서 두드러진 행동을 하라는
의미도 아닙니다. 그것은 우리 내면의 지혜에 귀 기울이고, 우리
자신의 고유함을 깨닫고, 나름대로의 박자에 맞추어 행진하라는
의미입니다.

비 내리는 오후 시간을 어떻게 보내야 할지조차
모르는 사람들이 불멸을 꿈꾼다.

수잔 어츠 _ 작가

1월 3일

육체의 움직임을 멈춘 순간에도 우리의 마음은 계속 달립니다. 우
리가 귀를 기울이지 않아도 우리의 마음은 계속 재잘거립니다. 마
음의 수다에 귀를 기울이는 것은 중요합니다. 그렇게 해야만 우리
마음의 주인이 될 수 있고, 또 마음을 잠재울 수 있으니까요. 마음
의 재잘거림이 나쁘다는 의미도, 그것을 용납해선 안 된다는 의미
도 아닙니다. 다만 그러한 소음의 존재를 인정하는 것만으로도 그
소음의 부정적인 효과를 줄일 수 있다는 뜻입니다.

나는 스며든다. 초록빛 풀밭에, 꽃들에,
그리고 살아 있는 물살에.
나는 깃든다. 죽지 않는 모든 것에.
나는 곧 생명이므로.

성녀 힐데가르트 폰 빙겐

1월 4일

'옷을 보고 사람을 평가하지 말라'라는 아일랜드 속담이 있습니다.
우리가 소유하고 있는 것들로 우리의 가치가 결정되는 것이 아니
며, 물질로 평화와 행복을 살 수 없다는 의미이겠지요. 물질적으로
많은 것을 소유하는 것으로 행복을 얻을 수 있다고 생각하는 사람
들이 많습니다. 하지만 물질에 의존하지 않을수록 행복하다는 진
리를 깨달은 사람들도 있습니다.
물질적 풍요를 마음껏 누리던 제 친구 한 명이 최근에 집안 분위
기를 바꾸었습니다. 일상에서 꼭 필요한 물건만 두고 나머지는 전
부 다른 사람들에게 나누어주었지요. 그 친구는 소박한 삶의 기쁨
을 발견하게 되었답니다. 아마도 그녀는 소유야말로 존재의 가장
큰 위협이라는 사실을 깨달았나 봅니다.

할 이야기가 없을 때, 할 이야기가 없는 이유를
장황한 말로 설명하지 않는 자에게 복이 있나니.

조지 엘리엇 _ 소설가

1월 5일

고요한 침묵 속에서 지혜는 우리가 예전에 보지 못했던 것들과 예
전에 대면할 수 없었던 것들에게로 우리를 인도합니다. 그것은 다
소 마음이 불편한 일일 수도 있습니다. 하지만 일단 그것들을 받아
들이고 포용하고 나면 예전에 알지 못했던 평안과 안정을 얻을 수
있지요. 사실 그것들은 우리가 두려워했던 것처럼 끔찍하지 않으
며, 오히려 그 속에는 아름다운 것들이 숨겨진 채 누군가에게 발견
되기를 기다리고 있기 때문입니다.

하늘이 대지 위에 쉬고 있나니,

나는 그 품에 안겨, 그들과 하나가 되고

그 속에 스며들고픈 간절한 욕망을 느끼네.

육욕처럼 간절한 나의 욕망은

그러나 대지와 물, 하늘을 향한 것으로

나무의 속삭임, 보드라운 흙의 향기,

바람의 애무, 물과 빛의 포옹으로 채워지리라.

만족하냐고? 아니, 아니, 아니다.

하지만 그 기다림 속에

마음이 새로워졌고 휴식을 취했노라.

다그 함마르셸드 _ 정치가

1월 6일

대지의 소리에 귀를 기울이면, 대지는 우리의 괴로운 마음을 어루만져주고, 경직된 마음을 풀어주며, 길을 잃었을 때 방향을 일러줍니다. 대지의 신성함에 감탄할 수 있다면 슬픔에 잠기거나 지치지 않습니다. 삶의 열정과 활력을 얻을 수 있으니까요.

세상은 갖가지 기쁨과 소리, 촉감, 색깔, 문양, 조화의 샘입니다. 세상은 경이로움과 놀라움으로 가득 찬, 바닥이 보이지 않는 우물처럼 끝없이 우리의 영혼을 채워줍니다.

밤사이 곡식이 저절로 자라듯
계절 속에서 나는 성장한다.
여문 곡식은 인간의 손으로 만든
그 무엇보다도 훌륭하다.

헨리 데이비드 소로 _ 시인·사상가

1월 7일

성장은 자연스럽게 이루어지는 것입니다. 성장이 이루어지는 시기
에 우리는 아무것도 할 일이 없습니다. 그저 우리 자신에게, 그리
고 타인에게 충실하면 그뿐이지요.

남을 돌보는 것 역시 마찬가지입니다. 그것은 특별한 재능이 필요
한 일도, 소수의 사람들만이 할 수 있는 일도 아닙니다. 그것은 우
리가 타인을 생각하고 존중할 때 저절로 생겨나는 마음이지요. 사
랑과 존경에서 우러난 행동이라면 아주 작고 평범한 친절일지라
도 우리 인간의 마음속에 있는 천사의 모습을 드러내주곤 합니다.

나 자신을 있는 그대로 받아들이는 것이야말로
세상에서 가장 두려운 일이다.

칼 구스타브 융 _ 의사·심리학자

제2주 거칠고 소박한 자연은 우리를 새롭게 하고 에너지를 북돋워줍니다.

1월 8일

자기 자신을 완전히 받아들인다는 말은, 환하고 아름다운 면뿐 아니라 어둡고 그늘진 면까지 포함한 자신을 아는 것을 뜻하며, 매일 자신을 발견하고 깨달아가는 여정을 계속하는 것을 의미합니다.

자신의 고통에 대해 마음을 여는 것이야말로 다른 사람을 위한 봉사에 헤아릴 수 없을 만큼 큰 도움을 줍니다. 왜냐하면 자신의 고통을 깊이 이해할수록 우리가 도우려는 사람에게 보다 쓸모 있는 사람이 될 수 있을 테니까요. 자신의 고통으로부터 달아나려고 한다면 다른 사람을 돕는 데에 한계가 있게 마련입니다.

존재하는 것이 곧 행하는 것이다.

노자 _ 철학자

1월 9일

끔찍한 교통사고로 젊은 아내를 잃은 남자가 이런 말을 하더군요.
"제발 사람들이 그만 입을 다물었으면, 그리고 뭔가 도움이 되려
애쓰지 않았으면 좋겠습니다."

누구나 절망에 빠진 사람들에게 손을 내밀고 싶어 합니다. 사람들
은 무언가 보탬이 되고 싶어 하고, 해결책을 찾아주고 싶어 하지
요. 하지만 정작 상대방에게 필요한 것은 장황한 설교가 아니라,
그저 들어주는 것일 수도 있습니다. 듣는 습관을 갖는다면 보다 침
착할 수 있고, 보다 집중할 수 있습니다. 그렇게 되면 다른 사람을
치유하고 돕는 능력도 더 발전할 것입니다.

평화에도 전쟁에서 얻은 것 못지않은 승리가 있다.

존 밀턴 _ 시인

1월 10일

지나치게 바쁘고, 복잡하고, 산만한 삶은 상상력을 소멸시킵니다.
고요할 수 없고 침묵할 수 없다면 우리는 상상력을 잃게 됩니다.
상상력을 잃으면 꿈을 꿀 수 없고, 꿈을 꾸지 못하면 우리가 무얼
원하는지 절대로 알지 못합니다.

예수님은 군중을 보내신 뒤에
조용히 기도하시려고 산으로 올라가셔서
날이 이미 저물었는데도 거기에 혼자 계셨다.

마태오복음 14 : 23

1월 11일

말의 홍수에 길들여져 살다 보니 문득 침묵이 두려워집니다. 침묵
은 마치 넓고 텅 빈 우주 공간 같습니다. 그 광활한 공간을 들여다
보면 어지러워지거나, 너무도 강한 매력 때문에 어리둥절해지곤
하지요.

그러나 침묵을 발견하고 다만 5분이라도 매일 침묵의 시간을 가질
수 있다면, 그래서 잠시 눈을 감고 바쁜 일상을 잊을 수 있다면 우
리는 그 침묵의 공간이 사실은 넘쳐흐르도록 가득 찬 공간이라는
것을 깨닫게 됩니다. 하느님의 지혜는 언제나 침묵과 정적 속에서
우리를 기다립니다.

경쟁심이 사라졌을 때 비로소 진정한 배움이 있다.

지두 크리슈나무르티 _ 철학자

1월 12일

무엇을 보아도 감탄할 줄 모르고 모든 것을 당연하게 받아들이면 절대로 깨달음을 얻을 수 없습니다. 침묵과 정적 속에서 우리는 비로소 감탄하는 법을 배웁니다. 내면의 고요함을 통해 놀라고 감탄할 수 있는 능력을 갖게 되고, 매일의 일상에서 우리에게 주어지는 선물들에 감사하게 됩니다.

완전히 혼자인 것보다 더 외로울 수는 없다.

키케로 _ 정치가

1월 13일

사람들은 고독을 외로움과 혼동하곤 하지만, 사실 그 둘은 전혀 다른 것입니다. 외로움은 타인에게 소외됨으로 인해 느끼는 고통이지만, 고독은 비어 있고, 자유로우며, 고요하고, 평화롭게 혼자인 시간을 의미합니다.

때로는 자신의 외로움과 그 외로움의 진정한 이유를 대면하기 위하여 고독해질 필요가 있습니다. 어쩌면 좀처럼 고독한 시간을 갖지 않기 때문에 외로운 것일 수도 있습니다. 외로움을 극복하려면 친구에게로 달려가기보다는 깊은 고독에 빠져 세상의 경이로움을 느끼기 위한 감각을 되살리는 것이 필요합니다.

우리는 다양한 소리를 내는 하나의 침묵이다.

토머스 머튼 _ 신부·작가

1월 14일

침묵과 정적은 사실 그다지 쓸모 있어 보이지는 않습니다. 그러나
알고 보면 물이나 공기, 산, 꽃들처럼 우리의 삶에 가장 기본적인
것들은 다 그렇지요. 그러한 것들의 가치는 돈으로 환산할 수 없습
니다. 다만 그런 것들이 살아가는 데 꼭 필요하다는 것을 체험을
통해 깨닫고, 그들의 가치를 배우는 것뿐이지요. 진정 우리에게 필
요한 것들은 항상 우리의 관심을 끕니다.
예수님은 '들에 핀 백합을 보라'라고 하심으로써 쓸모없어 보이는
것들을 보라고 가르치십니다. 그리고 그것들이 왜 존재하는지를
알게 하시고, 그들의 가치를 깨닫게 하십니다.

살아 있는 모든 것은 성스러운 것이므로
삶은 그 자체로 축복이다.

윌리엄 블레이크 _ 화가·시인

제3주 완벽주의는 박해자의 목소리를 냅니다.

1월 15일

열린 마음을 갖는다는 것은 곧 세상이 주는 선물을 받을 줄 아는
것을 의미합니다. 현재의 삶에 마음을 연다는 것은 무엇이든 마음
을 다해 받아들이는 것을 의미합니다. 현재에 마음을 여는 법을 배
워야만 보다 충만하고 능동적인 삶을 살 수 있습니다. 현재에 충실
할수록, 마음을 열수록, 우리는 우리 자신과 타인에 대해 보다 너
그러워지고 덜 비판하게 됩니다.

하느님께서는 엿샛날까지 하시던 일을 다 마치시고,
이렛날에는 모든 일에서 손을 떼고 쉬셨다.
이렇게 하느님께서는 모든 것을 새로 지으시고
이렛날에는 쉬시고 이 날을 거룩한 날로 정하시어
복을 주셨다.

창세기 2 : 2~3

1월 16일

빠른 박자로 움직이는 일상 속에서 휴식은 우리를 새롭게 하고 상쾌하게 합니다. 휴식을 통해 인간은 보다 지혜로워지고, 강해지며, 생명력을 발산합니다. 땅을 묵혀 다음 해를 준비하듯 휴식을 취함으로써 일해야 할 때를 대비할 수 있습니다.

휴식은 자신이 누구인지를 찾아가는 삶의 여정에서 우리에게 활력을 주고, 보다 능동적인 사람이 되게 합니다.

이스라엘 백성은 안식일을 대대로 지킬
영원한 계약으로 삼아야 한다.
야훼가 엿새 동안에 하늘과 땅을 만들고
이렛날은 쉬며 숨을 돌렸으니,
안식일은 나와 이스라엘 백성 사이에 세워진
영원한 표가 된다.

탈출기 31 : 16~17

1월 17일

휴식 시간은 오직 존재만을 위한 시간입니다. 혼자만의 휴식 시간
은 행위자로서의 인간이 아닌, 존재의 인간으로서 우리의 가치를
드러내줍니다. 그 시간을 통해 우리는 마음의 소리에 귀를 기울일
수 있고, 우리 마음속의 양지는 물론 황폐하고, 공허하고, 외롭고,
혼란스러운 그늘마저도 들여다보게 됩니다. 그 가운데에서 우리는
마치 새벽의 여명이 어두운 하늘을 가르듯 희망의 가능성을 깨닫
게 됩니다.

건강을 위해서는 휴식이 필요하지만,
목표를 좇지 않는 삶에는 오직 현재만이 필요하다.

헨리 데이비드 소로 _ 시인·사상가

1월 18일

그리스어에서는 시간을 크로노스chronos와 카이로스kairos로 구분하여 사용합니다. 크로노스는 측정할 수 있는 물리적 시간을 의미하는 데 반해 카이로스는 자기 자신과 우주 만물, 그리고 창조주를 위한 인간의 존재를 깨닫는 특별하고 은혜로운 시간을 의미하기도 하지요.

우리의 일상은 일과표에 따라 움직이고, 하루하루는 무언가를 제시간에 끝내기 위한 끝없는 전쟁입니다. 우리는 성스러운 시간, 즉 카이로스를 가질 필요가 있습니다. 그렇게 하기 위해서는 마음의 소리에 귀를 기울여야 합니다. 그 소리야말로 우리에게 씨를 뿌릴 때와 수확할 때, 기다려야 할 때와 나아가야 할 때를 일러줍니다.

과부는 곧 집 안에 들어가 엘리야가 말한 대로 하였다.
그리하여 엘리야와 과부 모자에게는 먹을 양식이
떨어지지 않았다. 엘리야가 전한 야훼의 말씀 그대로
뒤주에는 밀가루가 떨어지지 않았고
병의 기름도 동이 나지 않았다.

열왕기 17 : 15~16

1월 19일

마지막 남은 빵 한 조각을 예언자 엘리야에게 나누어준 가난한 과부처럼 더 이상 나누어줄 것이 남아 있지 않다는 생각이 들 때가 있습니다. 그러나 바로 그 순간, 우리에게 새로운 자원이 있음을 깨닫게 되곤 합니다.

우리가 도우려는 사람들에게도 같은 일이 일어날 수 있습니다. 그들의 문제에는 어떠한 해결책도 없어 보입니다. 하지만 그들은 남는 것을 주는 것이 아니라 자신의 전부를 내줍니다. 그들이 나누어주는 것은 그들의 생명이자 존재이며, 마음입니다.

진실을 말할 때는 두 사람이 필요하다.
말하는 사람과 듣는 사람, 그 둘이다.

헨리 데이비드 소로 _ 시인·사상가

1월 20일

상처받고 버려진 사람들을 위해 봉사하는 우리와 같은 사람들에게 자신의 단점을 인정하는 것이야말로 반드시 필요한 일입니다. 너무 지쳐 있거나 너무 바쁜 나머지 도저히 기쁜 마음을 가질 수 없다면 그것을 인정하고 받아들이는 편이 낫지요.

다른 사람에게서 여러 번 거부당했던 사람들은 우리의 말과 행동, 이상과 현실이 다른 순간을 즉시 간파합니다. 우리의 위선을 감지한 순간 그들은 또다시 거절당하고 버려졌다고 생각할 것입니다.

솟아오르나 방황하지 않는 지혜로운 자여,
그대는 천국과 집이 통하는 길에 충실하구나!

윌리엄 워즈워스 _ 시인

1월 21일

도시 생활은 무차별적인 경제 논리에 의해 온갖 상처로 얼룩져 있습니다. 저는 가끔, 다시 전원적인 생활 방식으로 되돌아가는 것이 개혁의 한 방법이 될 수 있지 않을까 생각해봅니다. 하지만 그러한 개혁은 어디까지나 그 지역사회에서 주도해야 하는 것이지요. 또한 외부 전문가가 아닌 내부인에 의해 이루어져야 하며, 예로부터 전해 내려오는 그 마을의 규범, 소중한 것들을 잃지 않으려는 마음, 고향을 지키고자 하는 소망의 토대 위에서 이루어져야 하겠습니다.

진실에 이르는 길은 없다.
진실은 반드시 발견되어야 하지만
그것을 발견하기 위한 공식은 없다.
미지의 바다로 나아가라.
그 바다는 곧 너 자신이다.

지두 크리슈나무르티 _ 철학자

제4주 온유함은 옹졸하지 않으며, 마치 겨울의 대지처럼 조용히 성장을
돕습니다.

1월 22일

사랑이 우리에게 요구하는 것들을 감내하기는 쉽지 않습니다. 우
리의 연약함을 드러내 보이는 것도 어려운 일이지요. 사랑이 충만
한 세상에서 자기 자신과 상대방의 존재를 축복하며 살아간다면
그러한 위험을 감수할 용기가 생깁니다.

하느님의 우물은 깊다.
우물에 들고 가는 우리의 양동이가 작을 뿐이다.

메리 웨브 _ 작가

1월 23일

우리는 습관적이고 기계적인 일상에서 벗어나지 못한 채로 살아
갑니다. 자명종 소리에 일어나고, 라디오 뉴스에 놀라고, 교통난으
로 시험당하고, 시간을 분 단위로 쪼개어 계산하고 가늠하며, 전화
기, 자동차, 그 밖의 수많은 기계들을 사용하면서 하루를 보내고,
해가 시면 집으로 향하면서 더 많은 차들과 더 많은 뉴스의 포화
를 견디어냅니다.
우리 자신이 누구인지, 산다는 것이 무엇인지를 생각해볼 시간은
오직 침묵과 기도의 시간뿐입니다.

개암나무 씨앗이 개암나무로 자라듯
하느님의 씨앗은 하느님으로 자란다.

마이스터 에크하르트 _ 신비주의자

1월 24일

우리 마음속에는 하느님의 씨앗이 들어 있습니다. 그 씨앗이 싹을
틔우기를 원한다면 자기만족에 빠져 안주하지 말고, 항상 성장할
준비가 되어 있어야 합니다. 하지만 우리는 늘 성장을 원하지는 않
습니다. 때로 우리는 변화를 거부하고, 진정한 자신의 모습으로 성
장하기를 거부합니다.

세상에서 가장 여린 것이
세상에서 가장 단단한 것을 뚫는다.

노자 _ 철학자

1월 25일

친밀한 관계는 우리를 미지의 영역으로 인도합니다. 오직 도전과
실수를 통해서만 바른 길을 찾을 수 있습니다. 익숙하고 오래된 삶
의 방식들을 뒤로하고, 새로이 균형을 잡으며 앞으로 나아가야 합
니다. 때로는 이쪽 나락, 혹은 저쪽 나락으로 떨어지는 실수를 피
할 수는 없겠지요. 때로는 물속으로 떨어져볼 필요도 있습니다. 길
에서 벗어났다고 스스로를 질타한다면 실수를 통해 아무것도 배
울 수 없습니다.

온화한 마음은 온화한 행동으로 드러난다.

에드먼드 스펜서 _ 시인

1월 26일

온유함을 행하는 것은 눈에 보이는 모든 것을 좋아하고, 인간관계
에서 일어나는 모든 일을 인내해야 한다는 뜻은 아닙니다. 그러나
무슨 일이 닥치더라도 온유함을 잃지 않는다면 상황을 견딜 수 있
고, 있는 그대로를 받아들일 수 있습니다. 우리가 겪는 모든 경험
에 대하여 비판하지 않고 기꺼이 받아들인다면 그렇게 우리는 우
리 자신과 친구가 됩니다. 그렇게 되어야만 우리 내면의 자기 방어
적인 마음이 긴장을 풀고, 우리 자신과 다른 사람을 환히 비추어
보다 넓은 지혜의 길을 열어줍니다.

자신의 맑은 가슴속에 빛을 지니고 있는 이는
세상 한가운데서 밝은 대낮을 즐기리라.
그러나 어두운 영혼을 감추고 있는 자는
그 자신이 자신의 감옥이로다.

존 밀턴 _ 시인

1월 27일

희망과 용기를 가진 사람이 된다는 것은 두려움을 느끼지 않는다는 말은 아닙니다. 진정한 용기는 달아나지 않고 두려움과 나약함을 인정하는 것이기도 하니까요.

항상 용기백배할 수는 없습니다. 모든 여정에는 두려움이 있게 마련이지요. 그러나 기꺼이 고통과 마주 앉으려 할 때, 비로소 용기가 생겨납니다.

분주하게 움직이는 중에도
잠시 조용한 시간을 갖고,
평화로움 속에서 살아 있음을
음미하는 법을 배워야 한다.

인디라 간디 _ 정치가

1월 28일

동양철학에서는 모든 인간사를 음과 양, 즉 고요함의 힘과 활발함
의 힘이 이루는 조화라고 봅니다. 그러나 서양에서는 전혀 다른 해
석을 제시해왔습니다. 즉 모든 인간사는 조화의 문제라기보다는
선택의 문제라고 생각하는 것이지요. 대다수의 사람들이 음이 아
닌 양을, 질이 아닌 수량을, 결실보다는 성공을 선택합니다. 우리
는 다른 사람을 쓰러뜨려가면서 우리의 목표를 이루기 위해 극단
으로 치닫고 있습니다.

모든 순간은 시간 전체를 향해 열려 있다.

교황 요한 바오로 2세

제5주 겨울철 과일은 천천히 익지만 쉽게 떨어지지 않습니다.

1월 29일

인간을 제외한 모든 살아 있는 생물은 삶의 균형을 유지할 줄 압니다. 그들은 일할 시간과 휴식을 취할 시간, 빛의 시간과 어둠의 시간을 조화시킬 줄 압니다.

이 오후 시간을 즐겨라.
어차피 가져갈 수도 없는 시간이다.

애니 딜라드 _ 작가

1월 30일

우리가 인생의 한계선을 그어두고 그 선을 넘지 않음으로써 지치
거나 탈진하지 않을 수 있다면 어떨까요? 다른 사람이 그어놓은
선에 맞추려 애쓰지 않고 우리 스스로 한계를 정하고 산다면 어떨
까요?

상상해보십시오. 그리고 실천하십시오.

스스로를 존중할 줄 아는 사람들은 안전하다.
그들은 아무도 뚫지 못하는
갑옷을 입고 있는 것과 같다.

헨리 워즈위스 롱펠로 _ 시인

1월 31일

모든 것을 잃었다 해도 자긍심까지 잃은 것은 아닙니다. 의식을 잃지 않는 한 누구도 우리를 쓰러뜨릴 수 없습니다. 거꾸로 말해서 다른 이의 자긍심을 빼앗는 것은 그의 모든 것을 빼앗는 것입니다.

우리에게는 여러 가지 다른 면이 있을 수 있다.
밝은 면과 어두운 면, 친절한 면과 냉혹한 면,
불안한 면과 안정적인 면이 있을 것이다.
절대로 완전할 수는 없다.
그러나 지금보다 더 나은 사람이 될 수는 있다.
자기 자신을 위해서 더 나은 사람이 되려고 노력하라.

낸시 우드 _ 시인

2월 1일

익숙한 것들은 우리의 마음을 편안하게 해줍니다. 그러나 때로는 변화도 필요합니다. 확신과 안정성이 바탕이 되었을 때, 변화와 다양성은 좋은 것입니다. 그러나 중심도 없이 변화와 다양성을 추구한다면 불안감에 사로잡힐 뿐 아니라, 혼란스럽고 쫓기는 삶을 살게 될 수도 있습니다. 그래서 우리는 변화와 안정의 균형을 유지해야만 하는 것입니다.

하루의 질을 높이는 것이야말로 가장 고귀한 예술이다.

헨리 데이비드 소로 _ 시인·사상가

2월 2일

아무것도 뜻대로 되지 않을 때가 있지요. 그럴 때면 그저 이 끔찍한 하루가 빨리 끝나기만을 바라게 됩니다. 하루를 얼마나 기쁘게 살고, 얼마나 포용하며, 얼마나 노력하는가는 전적으로 우리 자신에게 달려 있습니다. 아무리 고통스러운 일이라도 그것을 견디는 우리의 태도에 따라 모든 것이 달라집니다.

하루를 보내며 우리가 얻는 것은 우리가 겪는 시련이 아니라 그 시련에 어떻게 대처하는가입니다.

마음을 편히 가져라.
그러면 모든 일이 풀릴 것이다.

내 아버지의 말씀

2월 3일

우리는 수많은 일들의 소용돌이에 휩쓸려 하루를 보냅니다. 때로
는 한 번에 두 가지 일을 하고, 때로는 어떤 일을 하면서도 머릿속
으로는 딴생각을 합니다. 그것은 삶을 사는 것이 아닙니다. 사과
한 개를 만드는 데에도 자연이 얼마나 많은 공을 들이는지 생각해
보십시오. 봄과 여름, 가을이 있었고, 사과와 꽃과 벌, 햇살과 비가
있었지요. 무리하거나 서둘러서는 절대로 온전한 열매를 얻을 수
없습니다. 모든 가치 있는 것들은, 심지어는 사과 한 개조차도 시
간과 인내를 필요로 합니다.

밤이나 낮이나
내 혈관을 타고 흐르는 것과 똑같은
생명의 물결이
리듬에 맞추어 춤을 추면서
온 세상을 관통하여 흐르네.

라빈드라나트 타고르 _ 시인

2월 4일

인생은 마치 강물과도 같습니다. 둑에 갇혀 있던 물줄기는 바위 사
이에 작은 틈이 생기면 그 틈새로 파고들며 새로운 물길을 열지요.
새로운 직장이라든가 결혼, 이별, 새로운 곳으로의 이사처럼 삶에
변화가 생기면 우리는 전혀 다른 길을 가게 됩니다. 강물처럼 우리
는 변화를 받아들이고 새로운 길을 개척해야 합니다. 그렇지 않으
면 우리의 삶은 결코 편안하게 출렁일 수 없을 것입니다.

우리가 진정으로 깨어나는 날,
비로소 진정한 하루가 시작된다.

헨리 데이비드 소로 _ 시인·사상가

제6주 식물들에게도 저마다의 리듬이 있습니다. 그것은 때가 되어야만
어둠과 휴식에서 깨어납니다.

2월 5일

많은 것을 성취했고 감사해야 할 일이 많다는 것을 알면서도, 가
끔은 삶의 한 부분이 빈 것 같은 생각이 들어 그곳을 마저 채우려
합니다. 하지만 우리에게 부족한 그것은 바로 우리 마음속에 있습
니다.

우리는 어느새 진정한 자신의 모습과 존재의 근원으로부터 멀어
져 있었던 거지요. 그럴 때는 잠시 멈추어 서서 마음의 소리에 귀
를 기울여봅니다. 그렇게 마음의 소리를 듣고 그 소리와 하나 되면
서 우리는 진정으로 깨어날 수 있습니다.

하느님은 무無에서 모든 것을 창조하셨다.
그러나 근원이 무임을 숨기지는 않으셨다.

폴 발레리 _ 시인

2월 6일

자신을 받아들이는 것이야말로 진정한 성장과 변화의 시작입니다. 자기 자신을 받아들여야만 자신의 불완전함과 연약함을 직시할 수 있습니다. 자신이 불완전한 존재라는 것을 깨달았을 때, 우리는 비로소 달라질 수 있습니다. 마음의 평화는 우리의 결점이나 부족함을 메우는 것으로 얻는 것이 아니라 그것들을 이해하고 현실로 받아들임으로써 얻을 수 있는 것입니다.

사람들에게 칭찬을 받을 때마다 나는 굳게 맹세한다.
내 채소밭으로 돌아가서
진정 내가 의지해야 할 것들만을 의지하겠노라고.

로버트 에이킨 로시 _ 선승

2월 7일

우리네 삶의 가장 큰 역설은 오직 다른 사람을 통해서만 자기 자신
이 누구인지를 깨달을 수 있다는 사실입니다. 우리의 참모습은 오
직 우리가 사랑하고 우리를 사랑했던 사람들의 평가를 통해서만
드러납니다.

그대의 마음을 들여다보며 글을 쓰노라.

필립 시드니 경 _ 시인·정치가

2월 8일

우리가 구하기만 하면 누구나 영적 에너지를 얻을 수 있습니다. 영적 에너지는 우리가 그것을 발견하는 순간에 발생하는 것입니다. 장미 향을 맡는 법, 차를 음미하는 법, 다른 사람의 눈빛이나 목소리, 몸짓을 통해 그들의 마음을 읽는 법. 하루를 마감하고 우리가 발견한 것들에 대해 글을 써봄으로써 그 에너지를 축적할 수 있으며, 내일 우리에게 영감을 줄 것들을 준비해보는 것도 도움이 됩니다.

내 영혼은 지상의 아름다움을 통하지 않고서는
천국에 이르는 계단을 찾을 수가 없다.

미켈란젤로 부오나로티 _ 미술가

2월 9일

대지의 언어는 마법과도 같습니다. 그러나 마음으로 들을 수 있는
사람들만이 그 소리를 들을 수 있지요. 겨울 하늘을 향해 뻗은 앙
상한 나뭇가지, 물살에 깎인 바위의 촉감, 일몰의 색조, 땅을 적시
는 빗줄기의 내음, 밤에 부는 바람 소리.
대지의 속삭임은 어디에나 있습니다. 그러나 대지와 함께 꿈을 꾸
는 사람들만이 그 소리를 들을 수 있습니다.

고요했던 과거의 논리는
격렬한 현시대에는 적합하지 않다.
새로운 시대가 도래한 이상
우리의 생각과 행동도
새로워져야 한다.

에이브러햄 링컨 _ 정치가

2월 10일

현대인의 일상은 놀라운 속도로 돌아갑니다. 그 속도로 인해 새로운 문제들이 발생하고 있습니다. 때때로 우리가 사회에 제대로 적응하지 못하는 것 같은 느낌이 드는 것은, 아마도 새로운 문제에 옛날 방식으로 대처하기 때문이 아닐까요.
새로운 문제에는 새로운 해결책이 필요한 법이고, 새로운 해결책을 찾기 위해서는 창의력과 상상력이 필요합니다. 하지만 무엇보다도 우리는 문제 자체가 예전과는 다르다는 것을 인식해야 합니다.

사기그릇에도 빈 공간이 있어야 물을 채울 수 있고,
벽에도 빈 공간이 있어야 빛을 들일 수 있다.
비워라. 그러면 충만할 것이다.

공자 _ 철학자

2월 11일

영혼을 보호하기 위하여 때로는 조용히 앉아 명상에 잠겨볼 필요가 있습니다. 하지만 영적인 삶이라는 것이 반드시 우리 내면의 자아와 하느님을 향해 내면세계로만 빠져드는 것을 의미하지는 않습니다. 진정으로 영적인 삶은 하느님이 우리 주변 어디에나 계시고, 모든 이의 마음속에 살아 계시다는 신념을 갖고 사는 것을 뜻합니다.

바로 그 신념이 우리로 하여금 세상을 저버리지 않고 그 안에 동참하게 만듭니다.

평범한 인간의 삶에서 예민한 통찰력과 감성을
발휘할 수 있다면 잔디 자라는 소리와 다람쥐의
심장 박동 소리를 들을 수 있으리라.
그러다가 침묵의 맞은편에서 들려오는
시끄러운 소음 때문에 결국 죽을지도 모른다.

조지 엘리엇 _ 소설가

제7주 인생이라는 사막에서, 우리는 우리 자신의 가난함을 깨닫고 하느님을 갈구합니다.

2월 12일

아일랜드인들은 '잔디가 자라는 소리까지 들으려고 한다'라는 표현을 쓰곤 합니다. 호기심이 많고 아무것도 놓치지 않으려는 사람을 빗대어 하는 말이지요. 사실 아무것도 놓치지 않을 수 있다면 그야말로 큰 축복입니다. 그러기 위해서는 모든 일을 멈추고, 귀를 기울이고, 관찰을 하는 시간을 가져야 합니다. 그래야만 잔디가 자라는 소리를 들을 수 있을 테니까요.

이 세상의 모든 것들은 유한하고 한계가 있다.
따라서 끝없이 완전함과 영원함을 추구하는
우리의 열망은 절대로 충족되지 않는다.

시몬 베유 _ 철학자

2월 13일

일상생활에서의 근심 걱정으로부터 벗어나는 시간은 우리 모두
에게 꼭 필요합니다. 그러나 혼자만의 조용한 시간을 갖기 위해서
는 특별한 장소가 필요하겠지요. 기도와 명상을 위한 장소는 침실
이어도 좋고, 서재여도 좋고, 부엌이어도 좋습니다. 마음의 평화를
느낄 수 있는 바닷가나 산길도 좋고, 성당이나 조용한 방도 좋습니
다. 집에서 떨어진 혼자만의 장소를 갖는 것이 중요한 까닭은, 그
공간에서 명상에 잠길 수 있을 뿐 아니라 혼자만의 시간을 가질
수 있기 때문입니다.

고통은 곧 삶이다.

보다 깊은 고통일수록 보다 선명한 삶의 증거이다.

찰스 램 _ 수필가

2월 14일

무기력하고, 상처받고, 상심했던 경험들이야말로 우리가 인간임을 일깨워줍니다. 때로는 우리의 상처가 우리를 더 깊은 곳으로 이끕니다. 상처를 넘어 정화와 참회의 과정을 거치면 비로소 회복과 온전함의 길로 접어들게 됩니다.

음악은 플루트의 빈 구멍에서 이루어지고,
글자는 종이의 여백으로 완성된다.
빛은 창이라 불리는 벽의 구멍으로 들고,
신성함은 우리 자신을 비웠을 때 깃든다.

고대 격언

2월 15일

최근에 한 낡고 아름다운 저택을 작업실로 개조하는 일을 도운 적
이 있습니다. 벽에 걸린 그림들을 전부 떼어내고, 양탄자를 치우
고, 벽을 희게 칠하고, 나무 바닥을 사포로 문질렀지요. 아무런 꾸
밈 없는 텅 빈 방의 모습이 얼마나 낯설고도 우아했는지 정말 놀
라웠습니다.

푸른 풀밭에 누워 놀게 하시고
물가로 이끌어 쉬게 하시니
지쳤던 이 몸에 생기가 넘친다.

시편 23 : 2

2월 16일

자기 자신과 친구가 되면 비로소 자기 방어적인 마음이 해소될 수
있고, 그렇게 되어야만 보다 큰 지혜의 빛을 보게 됩니다. 이것은
자신을 온유함으로 대할 때에만 가능한 일이지요. 다른 사람에게
온유함을 베풀기 이전에 자기 자신에게 온유한 사람이 되어야 하
겠습니다.

이렇게 만드신 모든 것을
하느님께서 보시니 참 좋았다.

창세기 1 : 31

2월 17일

아침 일찍 문을 연 선술집에서 막 나서는 남자를 만난 적이 있지
요. 그는 벌써 술을 한잔 걸친 듯했습니다. "오늘 아침, 정말 멋지
지 않습니까? 정말 기분 좋─습니다!" 저에게라기보다는 자기 자
신에게 하는 말 같았습니다.

매일 아침은 우리가 최선을 다해 완성해야 하는 하루의 시작입니
다. 그러한 아침을 맞이하는 모든 사람들에게 기분을 돋우어줄 술
한잔이 필요하지는 않겠지요. 하지만 우리 모두 매일 아침 새롭게
펼쳐지는 가능성을 향해 마음을 열고, 열정으로 새날을 반겨야 할
필요는 있습니다.

이 세상이 곧 시나이 산이라고 생각하십시오.
매 순간 우리는 징표를 원하고,
매 순간 신은 발현하십니다.
그리고 그 산은 흩어져 있습니다.

잘랄루딘 루미 _ 신비주의자

2월 18일

새로운 하루는 인간의 힘으로는 절대로 만들 수 없는 하느님의 선물입니다. 해가 뜨면 전혀 새로운 하루가 시작됩니다. 매일 다른 마음으로 하루를 맞이하기에 하루하루는 똑같은 날이 아닙니다. 비록 어제와 똑같은 일상이 우릴 기다리고 있다고 해도 그 일을 대하는 우리의 마음가짐은 언제나 새롭습니다.

모든 인간은 자신이 지니고 있는 힘의 근원이
무엇인지를 알기 위해 내면의 자신과 접촉해야만 한다.

산드라 잉거만 _ 심리치료사

제8주 정지된 겨울의 시간이 식물에 영양분을 공급하고 그들의 성장을 돕듯, 침묵과 고독은 우리의 영혼을 살찌우고 다가올 역경을 이겨내게 만듭니다.

2월 19일

세상의 사물들을 제대로 보고 싶다면 모양이나 향, 색깔과 형태를 기록해보십시오. 그 자체만으로 아름다운 추억이 될 것입니다. 그 추억들은 우리가 행복하지 않고, 희망적이지 않을 때에 우리와 함께하며 기운을 북돋워줄 것입니다.

기쁠 때나 슬플 때나
아주 효과적인 기도문을 알고 있다.
"어둠 속에서 이렇듯 하느님의 옷자락을
부여잡고 있습니다!"

제시카 파워스 _ 수녀·시인

2월 20일

텔레비전도 없고, 라디오도 없고, 전기조차 없었던 시절이 있었지
요. 양초와 램프를 사용하고, 밤이면 모여 앉아 서로에게 이야기를
들려주던 시절입니다.

오늘날 우리는 토크쇼를 보거나 정신과 상담의, 변호사에게 자신
의 이야기를 털어놓을지언정 친구나 이웃을 즐겁게 해주기 위해
이야기를 하지는 않습니다. 텔레비전을 얻은 대신 우리는 너무나
많은 것을 잃었습니다.

진주는 해변에서 뒹굴지 않는다.
진주를 얻으려면
바다 깊은 곳으로 잠수해야 한다.

동양 격언

2월 21일

선한 사람들은 다른 사람들을 위해 무언가를 하려고 합니다. 누군가를 위해 음식을 만들거나, 선물을 사거나, 길을 건너는 것을 도와주는 일은 우리 마음을 뿌듯하게 합니다. 그러나 그것은 상대방이 진정으로 원하는 일이 아닌 경우도 있습니다. 정작 그들이 원하는 것은 그저 우리가 함께 있어주는 것일 수도 있습니다. 그것이야말로 훨씬 더 어렵고 훨씬 더 가치 있는 일이지요.

마음의 사막에
치유의 샘물이여 흘러라.

위스턴 휴 오든 _ 시인

2월 22일

고독과의 조용한 만남 속에서 인간은 자신의 고유함을 깨닫게 됩니다. 침묵 속에서 우리는 일상의 소음 속에 파묻혀 있던 직관의 소리에 귀를 기울입니다. 그러나 정말 놀라운 것은 홀로 침묵하는 시간이야말로 우리와 타인, 우리와 이 세상 간의 거리를 좁혀준다는 사실입니다.

주여, 왜 이렇듯 인간을
분주하고 불안한 존재로 만드셨습니까.

헨리 본 _ 시인

2월 23일

얼마 전에 라디오를 듣다가 프로그램의 진행자가 전화로 연결된
한 남자에게 왜 전화를 했냐고 물었더니, 그가 이렇게 대답했습니다. "차가 꽉 막혀서 오도 가도 못하고 있는데, 누구하고든 이야기를 하지 않으면 미쳐버릴 것만 같았습니다."

라디오 프로그램에 전화를 거는 것은 이제 교통 체증으로 인한 분을 삭이는 수단이 되었습니다. 하지만 성서나 시집, 명상집 같은 것을 들고 다니며 차가 막힐 때마다 한두 줄씩 읽어보는 것도 마음을 가라앉히는 훌륭한 방법입니다.

인생의 목적은 성공이 아니라
죽는 그 순간까지 노력하는 것이다.

에드나 세인트 빈센트 밀레이 _ 시인

2월 24일

하느님이 보시기에 우리는 모두 소중한 존재들입니다. 이 세상에
서 우리에겐 나름대로의 역할이 있습니다. 우리의 시간과 자리는
그 누구도 빼앗을 수 없습니다. 우리에게 주어진 시간, 주어진 자
리에서, 우리에게 주어진 삶을 사는 것보다 더 숭고한 사명은 없습
니다.

우리 마음은 까마귀와 같다.
반짝이는 것은 무엇이든 주워 모은다.
그 쇳조각들로 인해 우리 둥지가
얼마나 불편해지는지 따위는 생각하지 않는다.

토머스 머튼 _ 신부·작가

2월 25일

사회 구성원으로서 개인의 가치관과 전체로서 사회의 가치관 사이의 틈이 차츰 벌어지고 있습니다. 그 틈을 좁히고, 긍정적이고 발전적인 변화를 일으키기 위해서는 우리가 사는 시대와 사회에 대한 책임감을 가져야 하겠습니다. 우리가 이 시대와 이 세계의 주인이라는 생각을 갖는 것은 참으로 중요합니다.

신이 이끄는 대로 그대의 감정을 따르세요.

그리움이 더 이상 갈 곳이 없을 때,

그 끝에서 나를 감싸주세요.

라이너 마리아 릴케 _ 시인

제9주 우리는 희망을 안고 씨를 뿌립니다. 그러나 우리 힘으로 어쩔 수 없는 재앙이 일어날 수도 있음을 받아들입니다. 자연은 우리가 이해하는 것보다 훨씬 더 큰 힘에 의해 움직이기 때문입니다.

2월 26일

하느님이 우리를 세상으로 부르십니다. 우리가 태어나기도 전에, 어두운 자궁 속에서 온전히 만들어지기도 전에 우리에게 말씀을 하십니다. 그리고 우리를 어둠 밖으로 이끌어주십니다.

생명은 순수한 열정이다.
우리는 마음속의 보이지 않는
태양에 의지하며 살아간다.

토머스 브라운 _ 의사·저술가

2월 27일

때로 침묵은 부담스럽습니다. 그것은 우리 마음속의 혼돈을 들여다보게 하기 때문입니다. 자신의 모습과 대면하는 순간, 우리가 얼마나 여리고 나약한 존재인지를 깨달음으로써 다른 사람을 덜 비난하게 되고, 자신의 생각을 덜 내세우게 됩니다.

한 알의 모래 속에 세상을 보고
한 송이 들꽃 속에 천국을 보네.
그대의 손안에 무한을 쥐고
한순간 속에서 영원을 보라.

윌리엄 블레이크 _ 화가·시인

2월 28일

어느 누구도 내가 보는 것과 똑같은 것을 보지 않습니다. 사물을
보는 나의 시각은 독특한 것이며, 내가 사물을 어떻게 보느냐는 오
직 나만의 것입니다. 그리고 보면 나 역시 이 세상의 또 다른 창조
자로서 세상을 완성해가고 있는 것입니다.

인간의 행복은 한 가지에 달려 있다.
바로 방 안에 평화로이 앉아 있을 수 있는 능력이다.

블레즈 파스칼 _ 철학자

2월 29일

모든 것은 결국 나의 존재로 인해 오늘 하루, 이 아침, 이 사람, 이 꽃이 더 아름답고, 더 온전하고, 더 완전해지도록 내가 얼마나 노력하는가에 달려 있습니다.

3월 / 4월

대지의 어둠 속에서
생명이 솟아오를 때
희망도 함께 자라납니다

오랜 기다림의 시간이 지나고 나면, 기적이 일어납니다. 과연 인내는 헛되지 않았습니다. 숨겨져 있던 것들은 이제 모습을 드러냅니다. 보이지 않는 것들에 대한 우리의 사랑은 이제 매일 놀라운 색의 향연으로 보상받습니다. 정원은 점점 더 밝고 환해집니다. 아침은 더욱 화사해지고, 저녁은 길어지며, 벚꽃이 피고, 새들이 노래하고, 생명은 비로소 존재의 싹을 틔웁니다. 우리 마음까지도 환해지는 때입니다.

이제 노동이 시작됩니다. 삽과 갈퀴, 괭이들이 창고 밖으로 나옵니다. 땅을 갈고 고르며 토질과 양분을 가늠해봅니다. 뿌리가 헐거워진 초목들은 다시 단단히 자리를 잡아주고, 꽃을 피우고 싶은 곳에 씨를 뿌립니다.

3~4월에는 부활절이 있습니다. 그리스도의 수난과 부활, 죽음과 생명의 시간입니다. 이 시기, 기도를 통해 우리는 희망이라는 선물을 받습니다. 우리는 한 해의 새벽이 밝았으며, 정원 안에서 눈부신 성장과 다채로운 빛깔로 더 화사한 날들이 이어지리라는 것을 알고 있습니다. 하지만 희망은 항상 우리가 기대했던 것 이상을 가져다줍니다.

봄은 해마다 찾아오지만 늘 다른 모습이었으니까요.

인생의 강을 믿으면 그 강이 아주 특별한 방법으로
당신을 보살펴줄 것이다.

지두 크리슈나무르티 _ 철학자

3월 1일

봄은 변화의 시간이며, 기꺼이 변화를 받아들이는 시간입니다. 대
지에서 생명이 꿈틀거리면 우리는 일을 해야 합니다. 우리 마음속
에도 무언가가 꿈틀거리며 변화와 성장의 잠재력을 발휘하라고
합니다. 이제 새로운 지평이 열렸습니다. 우리는 미래에 대한 신념
을 잃지 않습니다.

우리는 알고 있습니다. 우리가 새로운 것들을 받아들일 준비가 되
어 있는 한, 그리고 계절의 징후를 감지할 수 있을 만큼 열린 마음
을 갖고 있는 한 삶은 우리에게 수많은 경이로움을 가져다주리라
는 것을 말입니다.

독수리가 바람에 기대어 쉴 때
바람이 그를 지탱하듯,
헤엄치는 사람들이 감히
하늘을 올려다보는 순간,
물살이 그들을 지탱하리라.

데니스 레버토브 _ 시인

3월 2일

하느님을 믿고 하느님의 세상을 믿는 것은 보호막을 가지는 것과
같습니다. 그것은 마치 두려움을 떨쳐내고 차가운 물속으로 뛰어
들었다가, 어느 순간 편안히 파도를 가르며 헤엄치는 것을 즐기게
되는 것과 같습니다.

먼저 고개를 들고 바람을 맞으리라.
그다음에는 용기를 내고
그 용기로 고개를 들고 바람을 맞으리라.

아라비아 격언

3월 3일

모험을 좋아하는 사람들은 스릴을 즐깁니다. 반면 모험을 두려워
하는 사람들도 있지요. 타고난 모험가이거나 그렇지 않거나 우리
는 모두 불확실성과 불안감, 모호함 속에서 살아가야만 하고, 그것
은 대부분의 사람들에게 결코 쉬운 일이 아닙니다.

제가 때로 모험을 하는 것은 하느님의 애정 어린 눈길이 항상 저
에게 머물고 있다는 확신 때문입니다.

배움을 얻고자 한다면 매일 한 가지씩 익혀라.
지혜를 얻고자 한다면 매일 한 가지씩 버려라.

노자 _ 철학자

제10주 숨겨진 봉오리 속의 꽃들이 천천히 세상 밖으로 나오듯이, 때가 되면 우리 마음속의 타고난 지혜로움이 우리 자신의 진실함과 선함을 드러내줄 것입니다.

3월 4일

희망은 낙관주의가 아닙니다. 희망은 잘못된 낙관주의를 깨닫게 해주는 능력입니다. 낙관이 사라지고 나면 희망만이 남습니다. 희망은 현실 속의 절망을 깨닫게 해주고, 그 모든 것이 하느님의 거룩한 뜻과 조화를 이루는 것임을 깨닫는 능력입니다.

눈과 얼음, 어둠의 저 아래에
영원히 숨겨진 보이지 않는 꽃봉오리여,
그 1평방 인치마다 엮은 끈처럼 지극히 미세한,
태어나지 않은 새싹의 아름다움이여,
마치 자궁 속의 아기처럼 보이지 않고 웅크렸으며
탄탄한 모습으로 잠들어 있네.
수억만 개의 어린 싹들이 땅 위, 바닷속, 우주의 별들,
천국의 바람 속에서 기다리고 있네.
천천히, 그러나 단호하게, 전진하며, 형체를 이루며
끝없이 영원보다 긴 시간을 기다리고 있네.

월트 휘트먼 _ 시인

3월 5일

매일의 일상에서 우리는 우리가 한 모든 일이 좋은 결과로 이어지기를 바라고, 아이들이 건강하게 자라기를 바라며, 멋진 여름과 풍요로운 수확의 가을을 맞이할 수 있기를 바랍니다. 하지만 진정한 희망은 거룩한 것입니다. 그것은 아직 이루어지지 않은 것에 대한 하느님의 부르심입니다.

사랑이 무어냐고? 나는 거리에서 그것을 보았다.
그는 가난하고 지쳐 보였지만 사랑에 빠져 있었다.
그의 모자는 낡았고 그의 외투는 해졌다.
그의 신발은 물이 샜지만 그의 눈 속에선 별이 반짝였다.

빅토르 위고 _ 작가

3월 6일

위기의 순간, 기댈 곳 하나 없어 나 자신을 내던지며 몸부림치는
순간, 그 어느 때보다도 하느님의 인자하심이 빛을 발합니다.

그러면 너희는 진리를 알게 될 것이며
진리가 너희를 자유롭게 할 것이다.

요한복음 8 : 32

3월 7일

아무리 억압된 상황이라도 선택을 할 능력만은 남아 있게 마련입니다. 하느님의 선하심에 우리 자신을 맡기기로 선택할 수도 있으며, 우리 자신의 힘에 기대어 끝까지 싸우기로 결정할 수도 있고, 우리를 억압하는 힘에 굴복할 수도 있습니다.

선택은 전적으로 우리에게 달려 있습니다. 하느님의 권능은 아무런 선택도 남아 있지 않은 것 같은 상황에서조차 우리가 올바른 선택을 할 수 있게 해주십니다. 그러나 하느님은 우리의 선택을 대신 해주시지는 않으십니다.

의학 기술이란, 자연이 질병을 치료하는 동안
환자를 편안하게 해주는 것이다.

프랑수아 마리 볼테르 _ 작가·사상가

3월 8일

우리가 하느님의 뜻을 따르기로 선택할 때, 하느님의 권능은 더욱
더 충만해집니다. 하느님의 뜻을 따른다는 것은 무슨 일이 닥쳐도
피하지 않고, 상황을 있는 그대로 받아들이며, 우리가 선택한 것에
대해 책임을 지는 것을 의미합니다.

더듬거리는 입술과 시원치 않은 목소리로,
나는 내 마음의 노래를 그대에게 제대로 들려주기 위해
애쓰고 또 몸부림친답니다.

엘리자베스 배럿 브라우닝 _ 시인

3월 9일

우리는 날마다 나이를 먹어갑니다. 그러나 나이를 먹는 동안에도
우리는 성장을 멈추지 않습니다. 성장은 결단을 내리고, 역경과 싸
우고, 사람들을 만나고, 위험을 감수하고, 경험을 축적하고, 기회를
잡는 가운데 이루어집니다. 성장은 결국 우리에게 일어나는 모든
일에 우리가 어떻게 대처하는가입니다.

그럼에도 불구하고 우리는
성금요일을 '좋은 금요일'이라고 부른다.

토머스 엘리엇 _ 시인

3월 10일

매일매일은 성숙을 향한 여행길의 흥미로운 첫발을 내딛는 것과
같습니다. 자연스러운 세월의 진행을 거스를 수는 없지만, 아무리
나이가 들어도 늘 조금 더 성숙해질 기회는 있게 마련이지요. 우리
가 그렇게 하기로 마음을 먹기만 한다면 말입니다.

모든 것이 당신한테 달린 것처럼 행동하십시오.
모든 것이 하느님께 달린 것처럼 믿으십시오.

이냐시오 데 로욜라 _ 사제

제11주 열린 꽃봉오리는 우리도 자신을 열고 살아야 함을 깨닫게 합니다.

3월 11일

어느 겨울밤, 인디언 양치기 소년이 산속에서 길을 잃었습니다. 소년은 다음 날, 기적처럼 살아서 가족에게 돌아왔습니다. 사람들이 물었더니, 소년은 이렇게 대답했습니다.

"세상이 온통 캄캄해졌을 때, 저쪽 산에서 다른 양치기의 불빛이 반짝였어요. 저는 그 불빛에서 눈을 떼지 않고 계속 집에 돌아가는 생각만 했어요."

누구에게나 어두운 밤, 추위와 싸워야 하는 절망 속에서 희망을 잃지 않게 해주는 건너편 산의 불빛이 필요합니다. 하지만 그 불빛은 우리 자신이 발견해야만 하는 것이지요. 사람들은 저마다 다른 꿈을 꾸고, 다른 희망을 갖고 있기 때문입니다.

결코 여행을 멈추지 말라.
마침내 여행을 끝마쳤을 때는
처음 출발했던 그곳으로 돌아와
처음으로 그곳을 보게 되리라.

토머스 엘리엇 _ 시인

3월 12일

톨스토이의 글 한 토막입니다. 두 친구가 성지로 향하던 중, 한 명
이 어느 집에 들어가 물 한 잔을 청했습니다. 일행은 나무 밑에서
잠이 들었습니다. 잠들었던 이는 깨어나서 친구가 먼저 갔을 거라
생각하고, 배를 타고 예루살렘으로 향했습니다. 예루살렘에 도착
한 그는 성당에서 헤어졌던 친구를 발견했지만, 사람들 속에서 그
를 놓치고 말았습니다.

집으로 돌아왔을 때, 그는 친구가 예루살렘에 가지 않았다는 것을
알게 되었습니다. 그 친구는 물을 얻어 마시러 들어갔던 집에서 거
기 살고 있던 사람들이 모두 병들어 있는 것을 보고 그곳에 남아
그들을 돌보았던 것입니다. 그는 둘 중 누가 목적을 이룬 것인지
의아했습니다.

어떤 사람들은 죽음을 너무도 두려워하는 나머지
삶을 시작하지 못한다.

헨리 반 다이크 _ 작가

3월 13일

남들보다 뒤지는 것에 대한 두려움은 아주 골이 깊습니다. 창의적
으로 살지 않고 경쟁적으로 사는 것이 그 이유입니다. 경쟁심은 우
리의 영감은 물론, 용기와 신념마저 잃게 합니다. 또한 다른 사람
이 갖고 있는 것과 자기 것을 비교하며 자기만의 소중하고 독특한
재능을 파괴하고 낭비하게 만듭니다.

꿈을 품고 무언가 할 수 있다면
그것을 시작하라.
새로운 일을 시작하는 용기 속에
당신의 천재성과 능력과 기적이 모두 숨어 있다.

요한 볼프강 폰 괴테 _ 작가

3월 14일

'현재'와 '아직' 사이에는 묘한 긴장이 있습니다. '현재'에 대한 집착은 안주하고 싶은 마음, 새로운 것에 대한 거부감, 확신, 불확실성에 대한 두려움을 내포하고 있습니다. 반면 '아직'이라는 말은 책임을 두려워하고, 목적 없이 평생 무언가를 좇는 것을 의미할 수도 있습니다.

신념은 희망에 우선합니다. 방랑자의 무모함과 현재에 만족하는 사람의 두려움 속에서 희망의 싹을 틔우기 위해서는 신념이 필요합니다.

너희에게 어떻게 하여주는 것이 좋을지
나는 이미 뜻을 세웠다.
나는 너희에게 해를 주지 않고
도움을 주려고 뜻을 세웠다.
밝은 앞날이 너희를 기다리고 있다.

예레미야서 29 : 11

3월 15일

몹시 불안하고 초조한 일이 생길 때마다, 혼자 힘으로는 상황을 어떻게 해볼 도리도 없고, 아무도 날 이해하지 못하고, 모두가 날 오해하고 있는 것 같을 때마다 저는 예레미야서의 한 구절을 읽고 또 읽으며 기도합니다. 그 구절은 제게 큰 위로와 희망을 줍니다. 비록 불확실함 속에서 헤매고 있으며 앞으로도 그렇게 살아가야 하겠지만, 하느님이 저를 위해 희망으로 가득 찬 미래를 준비하고 계시다는 것만은 알고 있습니다.

진흙이 가라앉을 때까지
조용히 기다릴 수 있는 자가 누구인가.

노자 _ 철학자

3월 16일

진정으로 선한 사람이 되고 싶다면 침묵 속에서 내면의 두려움, 외
로움과 마주하십시오. 그렇게 조용히 기다리면 깊은 영혼의 소리
를 들을 수 있고, 하느님의 소리를 들을 수 있습니다. 하느님은 그
렇게 우리를 성숙하게 하시고, 우리 자신을 발견하게 하시며, 인생
에서 중요한 것이 무엇인지를 깨닫게 하십니다.

그 기다림은 자칫 지루한 것일 수도 있습니다. 겉으로는 아무 일도
일어나지 않는 것 같으니까요. 그러나 그 지루한 어둠을 가르며 천
천히 한 줄기 빛이 다가오고 있습니다.

그 누구도, 그 어떤 힘으로도 추억을 지울 수는 없다.

프랭클린 루스벨트 _ 정치가

3월 17일

희망을 가진다는 것은 우리 자신보다 큰 존재와 힘을 체험하고, 보이지 않는 것을 체험하는 것을 의미합니다. 추억을 끌어내는 것은 보이지 않는 것을 체험하는 한 방법입니다. 즐거웠던 어린 시절의 소중한 추억들이면 더욱 좋겠지요.

감옥에 갇힌 죄수들은 그러한 추억들로 삶을 지탱합니다. 우리도 때로는 그럴 수 있지 않을까요?

변하는 것은 아무것도 없다.
우리 자신이 변할 뿐이다.

헨리 데이비드 소로 _ 시인·사상가

제12주 기적은 언제나 놀라운 사건으로 나타나지는 않습니다. 일상 속에서도 기적을 체험할 수 있습니다.

3월 18일

몇 년 전, 거동이 불편한 노인들을 위해 식사를 배달해주는 비영리 기구인 '밀즈 온 휠즈Meals on wheels'의 취지를 홍보하는 일에 관여한 적이 있습니다. 그 기구가 만들어지기 전에 사람들은 그런 것이 필요치 않다고 생각했습니다. 하지만 우리가 식사를 배달하기 시작하자, 혼자 힘으로 식사를 준비할 수 없는 노인이 너무도 많다는 사실이 드러났습니다.

사람들이 상황을 제대로 인식하지 않으려는 이유는 그 문제를 해결하지 못할지도 모른다는 두려움 때문입니다. 하지만 일단 해결책이 제시되고 나면 그제서야 사람들은 문제를 인식합니다.

희망은 마음을 다하여 주의를 기울이는 것이고,
교활함이 없는 것이며, 모든 것에 열려 있되
아무것도 하지 않는 것이다.

노자 _ 철학자

3월 19일

세상살이가 힘들어지면 나이가 지긋한 사람들은 마냥 좋기만 했던 옛날로 돌아가고 싶어 합니다. 하지만 사실 그런 시절은 존재하지 않습니다. 때로는 지난날의 추억에서 위안을 얻는 것이 사실이지만, 지나치게 과거에만 집착하다 보면 지금 이 순간을 반만 체험하는 것이 될 수도 있습니다.

찬란했던 과거로 돌아갈 방법은 없습니다. 과거를 기리기 위해서는 그 교훈을 가슴에 새기고, 현재의 삶에서 그것을 실천해야 하겠습니다.

일을 올바로 하는 방법이 한 가지밖에 없는 것처럼,
사물을 제대로 보는 방법 역시 한 가지뿐이다.
그것은 전체를 보는 것이다.

존 러스킨 _ 비평가

3월 20일

시인 릴케는 한때 위대한 조각가 로댕의 조수로 일했었지요. 어느
날 로댕이 그에게 동물원에 가서 뭘 좀 보고 오라고 일렀습니다. 릴
케는 몇 시간 동안 표범을 관찰하고 돌아와 자신의 보는 능력─관
찰력, 눈의 에너지를 사용하는 능력, 자기 이외 무언가에 관심을 기
울이는 능력─을 기르기 위해 이백 편이 넘는 시를 썼다고 합니다.
예술가나 시인이 아니더라도 보는 능력을 계발할 필요는 있습니
다. 인간은 누구나 자신의 삶에서 벗어나 주위에 무엇이 있는지 보
고, 다른 사람의 마음속으로 들어가는 법을 배워야 합니다.

모든 것이 다 잘될 것이다.
모든 것이 다 잘될 것이다.
모든 것이 다 잘될 것이다.
세상의 모든 것이 다 잘될 것이다.

노리치의 줄리언

3월 21일

희망은 굽힐 줄 모르는 강인함입니다. 희망은 장점과 단점을 받아
들일 줄 알고, 지나치게 오만하지도 겸허하지도 않습니다. 희망은
어둠 속으로 손을 뻗어 한 줌의 빛을 들고 나오는 용기와 대범함
입니다.

내 영혼에게 나는 말했다.
희망 없이 조용히 기다려라.
희망은 잘못된 것에 대한 희망일 수 있으므로.
사랑 없이 기다려라.
사랑은 잘못된 것에 대한 사랑일 수 있으므로.
그래도 나에겐 신념이 남아 있노라.
그러나 나의 기다림 속에는
신념과 사랑, 희망이 모두 있도다.

토머스 엘리엇 _ 시인

3월 22일

시간이 흐를 만큼 흐른다면, 그리고 우리가 자기 자신에게 정직하다면 모든 일이 해결될 거라는 생각을 굽히지 않고 기다리는 것이 희망 속의 기다림입니다. 희망을 갖고 살아가는 것이야말로 예언자들이 행했던 것입니다.

희망이야말로 마음과 영혼의 근원이다.
그것은 모든 일이 반드시
잘될 것이라는 믿음이라기보다는
무슨 일이 닥치더라도
그 상황을 받아들일 수 있으리라는 믿음이다.

바츨라프 하벨 _ 극작가·정치가

3월 23일

희망은 '가까운 곳'과 '멀지 않은 곳'의 사이, '무한'과 '유한'의 사이에 살고 있습니다. 그것은 보이지 않는 것을 믿는 것이며, 보이지 않는 것을 보는 것이며, 진실을 진실로 믿으며 사는 것입니다.

노아는 이레를 더 기다리다가 그 비둘기를 다시
배에서 내보내었다.
비둘기는 저녁때가 되어 되돌아왔는데
부리에 금방 딴 올리브 이파리를 물고 있었다.
그제야 노아는 물이 줄었다는 것을 알았다.

창세기 8 : 10~11

3월 24일

새들은 희망의 배달부입니다. 호수 위에 떠 있는 위엄 있고 우아한
백조가 그렇습니다. 질서정연하게 무리 지어 날면서 서로에게 길
을 비켜주고 안내하며, 아픈 동료가 회복되기를 기다려주고, 번갈
아 우두머리 역할을 하는 기러기 떼의 놀라운 비행이 그렇습니다.
또한 무심히 정원을 날아다니며 봄의 기쁨을 지저귀는 제비들이
그렇습니다.

부자와 가난한 사람 모두 야훼께서 지으셨다.

잠언 22 : 2

제13주 모든 봉오리는 꽃으로 피어나기를 열망하고, 모든 꽃들은 열매를 기약합니다.

3월 25일

희망을 간직하고 사는 우리는 폭력과 억압, 고뇌, 학대를 견디며 사는 사람들, 집 없는 사람들, 창녀와 실직자들처럼 사회에서 버려진 사람들을 불쌍히 여깁니다. 우리는 그들의 고통, 상처, 고뇌를 이해하고 그들을 대신해 분노합니다. 그러한 분노는 우리에게 모든 사람들이 평화와 정의 속에 살 수 있도록 진리와 정의를 말하고 행동할 수 있는 용기와 보다 나은 사회를 만들기 위해 제도를 바꿀 수 있는 용기를 줍니다.

기다림과 인내가 강요와 분노보다 더 많은 것을 이룬다.

장 드 라퐁텐 _ 시인

3월 26일

존재의 근원과 관계가 단절되었을 때, 우리는 희망을 잃게 됩니다.
늘 자연을 가까이하고 꽃과 나무, 풀들이 조용히 자라는 소리에 귀
를 기울여야 하는 것은 바로 그 때문입니다.

아무것도 창조할 것이 없다면 너 자신을 창조하라.

칼 구스타브 융 _ 의사 · 심리학자

3월 27일

최근에 기업인의 자질에 관한 워크숍에 참가한 적이 있었지요. 그곳에 모인 수많은 사회 지도자, 사업가, 전문가, 정치가들이 훌륭한 지도자는 불확실함, 위험, 모호함 속에서 살아야 하며, 기다릴줄 알아야 하고, 끝없는 질문과 더불어 살고, 그러한 질문이 끝없이 계속되도록 해야 하고, 고집스럽기도 하고 유연하기도 해야 하며, 때로는 앞뒤가 안 맞는 것처럼 보일지라도 자신의 신념을 고수해야 한다는 사실에 동의했습니다.

비록 '기업인의 자질'이라고 불리지는 않지만, 희망이 바로 그런 것이 아닌가 생각했습니다.

베푸는 것은 마음이다.
손은 그저 쥐고 있던 것을 놓을 뿐이다.

나이지리아 격언

3월 28일

얼마 전에 심각한 혐의를 받게 된 여인과 이야기를 나눈 적이 있습니다. 그녀는 다른 사람이 곤경에 처하게 될까 봐 자기 자신을 제대로 변호할 수는 없었지만, 진실이 밝혀질 때까지 기다릴 준비가 되어 있다고 말했습니다.

요즘처럼 즉각적인 대답과 결과를 요구하는 사회에서 진실이 밝혀질 때까지 기다린다는 것은 쉽지 않은 일이지요. 그것은 엄청난 인내와 용기를 필요로 하는 희망의 한 모습일 뿐만 아니라, 최후에는 승자도 패자도 없고 오직 진실만이 있을 것임을 믿는 것입니다.

다른 사람들은 그냥 내버려두고
자기 자신의 부족함을 생각해보십시오.
모든 사람들이 우리와 같은 길을
걸어야 할 이유는 없습니다.

아빌라의 테레사

3월 29일

자신이 운영하는 학교 선생님들이 자기 방식을 따라주지 않는다
고 몹시 속상해하는 교장을 알고 있습니다. 그녀와 대화를 해본 나
는 아이들이 모두 학교에 대해 만족하고 있고, 선생님들도 즐겁게
일하고 있다는 것을 알 수 있었지요.
문제는 결국 교장인 그녀 자신에게 있다는 것을 설득하기란 쉽지
않았습니다. 그녀는 단지 모든 것이 자기 방식이 아니라는 데 화가
나 있었지만, 그녀 외에는 아무도 마음 상하지 않고, 피해를 입지
도 않으며, 학생들도 기쁘고 즐겁게 배우고 있다면 결국 아무 문제
도 없는 것입니다.

아빠, 제가 이 세상에 있다는 게 정말 놀랍지 않아요?

어린 소녀가 아버지에게

3월 30일

우리 본연의 모습으로 살아가는 것이야말로 세상에서 우리가 할 수 있는 가장 훌륭한 일입니다. 우리에게 그렇게 살아갈 능력이 있음을 깨닫는 데에 때로는 평생이 걸리기도 합니다. 그것이야말로 우리가 가장 잘할 수 있는 일이며, 다른 사람은 절대로 할 수 없는 일인데도 말입니다.

사람은 자기가 베푼 것만큼만 받게 마련이다.

오노레 드 발자크 _ 소설가

3월 31일

예수님이 맹인에게 "내가 널 위해 무엇을 해주었으면 좋겠느냐?"
라고 물었더니 그는 조금도 망설이지 않고 "눈을 뜨게 해주십시
오"라고 대답했습니다. 예수님은 "너는 이제 눈을 뜨게 되었다"라
고 말씀하셨습니다.

그 맹인은 은혜를 입을 준비가 되어 있는 사람이었습니다. 그는 특
별한 은혜를 입을 희망을 갖고 있었습니다. 희망의 기적을 믿고 있
었던 것입니다.

화가는 손으로 그리는 것이 아니라 눈으로 그린다.
무엇이든 제대로만 볼 수 있다면
얼마든지 화폭에 옮길 수 있다.

모리스 그로서 _ 화가·작가

제14주 우리 마음의 직관이 원하는 것들은, 자칫 다른 것에 정신이 팔린
분주한 우리의 이성에 떠밀려 익사할 수도 있습니다.

4월 1일

상상력은 예술가들이 사회에 베푸는 선물입니다. 예술가가 되려면
먼저 보는 법을 배워야 하고, 그 다음에는 사물의 근원을 볼 수 있
는 예리함을 길러야 합니다. 그 다음, 그 예리함을 바탕으로 한 번
도 존재하지 않았던 새로운 것을 창조할 능력을 계발해야 합니다.
우리 모두의 마음속에는 예술가가 살고 있습니다. 내가 보는 방식
으로 사물을 보는 사람은 오직 나밖에는 없지요. 보는 것에 더 많은
주의를 기울일수록, 더 정직하고 더 진실하게 보려고 노력할수록
보다 많은 것을 볼 수 있으며 보다 창의력을 발휘할 수 있습니다.

겉모습만 보고 사람을 대한다면
그 사람을 과소평가하는 것이다.
그러나 그의 잠재력이 성취할 수 있는 것들을
이미 성취했다고 생각하고 그를 대한다면
그를 제대로 평가하는 것이다.

요한 볼프강 폰 괴테 _ 작가

4월 2일

사는 것이 지루하고 따분하고 무료하게 느껴질 때가 있습니다. 하지만 산다는 것은 원래 그런 것이지요. 우리의 삶이 얼마나 지루한 가에만 초점을 맞춘다면 우리는 침체되고 무기력해질 것이며, 우리의 정원에는 잡초만 무성히 자라 아무 열매도 맺지 못할 것입니다. 반면 열정을 다해 삶에 몰두하고 무슨 일을 하건 뿌리를 깊이 내린다면 반복되는 일상의 단조로움이 오히려 황홀함으로 느껴질 것입니다.

자연과 하나임을 깨달을 때,
비로소 조화 속에 살게 되리라.

도덕경 13장

4월 3일

대자연의 섭리에는 온유함이 있습니다. 보드라운 바람, 보슬보슬
내리는 비, 따스한 햇살, 물 위에 떠다니는 꽃잎들이 그렇지요. 그
러나 자연은 인간에게 커다란 상처와 피해를 입히는 괴력을 과시
할 때도 있습니다. 지진, 폭풍, 홍수, 되풀이되는 약탈과 죽음, 고
통, 질병들이 그렇습니다.

그러한 파괴력과 온유함이 모두 자연의 본모습임을 깨닫게 될 때,
우리는 비로소 우리 자신의 내면에 존재하는 온화함과 파괴력의
역설을 인지하게 됩니다.

천사들은 자신을 가볍게 여기기에 하늘을 날 수 있다.

길버트 체스터턴 _ 작가

4월 4일

날마다 해가 뜨고 저물며, 날마다 바닷물이 밀려들고 또 빠집니다.
비록 지금껏 깨닫지 못했다고 하더라도 시간을 갖고 자연을 관찰
해보면 저절로 그 경이로움에 도취됩니다.
떨어지는 눈송이들도 저마다 다른 모습이라고 생각해보십시오. 똑
같은 것 같지만 땅 위에 내리는 수많은 눈송이 하나하나는 모두 저
마다 놀라운 존재일 뿐 아니라 단 한 쌍도 똑같은 것이 없습니다.

우리가 아이들에게 가르쳤던 것을
여러분도 여러분의 아이들에게 가르치십시오.
대지는 우리의 어머니입니다.

시애틀 추장

4월 5일

이제 오염은 하늘과 땅, 바다, 물고기, 동물, 과일, 채소들에 번지고
있습니다. 산성비, 오존층의 파괴, 지구 온난화……. 혹시 자연이
미쳐버린 것은 아닐까요?
그런데 이렇게 만든 것은 결국 우리 자신입니다. 자연을 파괴하고
그 대가로 우리 자신까지 파괴하게 된 것은 결국 우리의 책임입니
다. 우리가 자연의 작은 존재들까지 보호하지 않으면 자연도 우리
를 보호해주지 않습니다.

짐승들에게 물어보게. 가르쳐줄 것이네.
공중의 새들에게 물어보게. 알려줄 것이네.

욥기 12 : 7

4월 6일

우리 주변에는 놀라운 일들이 많이 일어나고 있습니다. 밤하늘, 정원의 변화, 나무, 꽃, 새……. 우리가 방 안에서 눈길을 주기만 하면 얼마든지 세상의 경이로움을 발견할 수 있습니다.

하지만 우리가 눈길을 주지 않으면 그것들을 놓치는 것입니다. 우리가 그것들을 놓쳐버리면 그 순간의 꽃과 구름은 영원히 사라지고 없습니다.

장엄한 광경은 영원하다. 항상 어딘가에는 일출이 있고,
이슬은 일시에 마르는 법이 없다.
소나기는 항상 내릴 것이며,
안개도 항상 피어오를 것이다.
둥근 대지의 회전과 함께 저마다의 차례를 맞이하는
영원한 일출, 영원한 일몰, 영원한 새벽이여,
영원한 영광이여, 바다여, 대륙이여, 섬이여.

존 뮤어 _ 환경운동가

4월 7일

자연은 우리에게, 영원한 것은 아무것도 없으며 모든 시작에는 끝
이 있음을 깨닫게 해줍니다. 그 깨달음은 우리로 하여금 우리 자
신의 문제를 해결할 용기를 갖게 하고, 역경을 헤쳐나가게 합니다.
지금 이 순간에 아무리 힘들게 느껴지는 일일지라도 시간이 지나
면 사라진다는 것을 일깨워주기 때문입니다.

우리가 제대로 이해한다면,
사물은 제 모습 그대로 존재할 것이다.
우리가 제대로 이해하지 못한다면,
그래도 사물은 제 모습 그대로 존재할 것이다.

선禪 경구

제15주 존재의 신비에 대한 깨달음은 세상의 경이로움을 보게 합니다.

4월 8일

젊은 나이에 과부가 된 여인을 알고 있습니다. 그녀는 세 아이들과 농장에 홀로 남겨졌지요. 남편의 죽음을 알고 제일 먼저 무엇을 했느냐고 물었더니 그녀는 이렇게 말했습니다.

"외투를 걸치고 들판으로 걸어나갔어요. 그리고 봄날의 들판에서 용기와 희망을 얻었지요. 그제야 전 비로소 기도를 할 수 있었습니다."

상황이 악화되고 두려움에 휩싸여 기도를 할 수 없을 만큼 하느님에게 화가 나 있을 때, 그녀가 했던 것처럼 자연을 향해 돌아서보십시오. 자연은 때로 우리의 희망을 새롭게 해줍니다.

그리고 하늘에는 큰 징표가 나타났습니다.
한 여자가 태양을 입고 달을 밟고 별이 열두 개 달린
월계관을 머리에 쓰고 나타났습니다.
그 여자는 배 속에 아이를 가졌으며
해산의 진통과 괴로움 때문에 울고 있었습니다.

요한묵시록 12 : 1~2

4월 9일

세 번째 밀레니엄을 맞이하는 우리에게는 희망의 징표가 필요합니다. 위대한 과거의 유산과 현재의 에너지, 미래의 희망을 포용할만한 것이어야 하겠지요.
아이를 가진 여인의 모습이 새로운 밀레니엄의 상징이 될 수 있지 않을까요? 여인의 자궁 속에는 풍요로운 선조들의 유산과 고유하고도 창조적인 생명의 신비, 미래의 무한한 잠재력이 담겨 있기 때문입니다.

하느님의 선물은 인간의 가장 아름다운 꿈마저
부끄럽게 만든다.

엘리자베스 배럿 브라우닝 _ 시인

예수님의 무덤가에서 울고 있던 막달라 마리아는 단 한마디, "마
리아!"라는 음성을 듣고 믿음을 갖게 되었습니다. 자신의 이름을
부르는 예수님의 목소리만으로 그녀는 예수님을 알아보았지요. 모
든 보이는 것들과 만질 수 있는 것들 가운데에서 한마디 말은 삶
의 용기를 북돋워주는 무한한 힘을 갖고 있습니다.

뿐만 아니라 우리는 고통을 당하면서도 기뻐합니다.
고통은 인내를 낳고 인내는 시련을 이겨내는 끈기를 낳고
그러한 끈기는 희망을 낳는다는 것을
우리는 알고 있습니다.

로마서 5 : 3~4

4월 11일

지구를 뒤흔드는 지진이 끔찍한 재난과 고통 외에도 좋은 소식을
전한다는 것을 믿기란 쉽지 않을 것입니다. 그러나 지진학자들에
의하면 지진은 지구의 소생에 반드시 필요한 것이라고 합니다. 지
구의 중심에서 분출되는 강한 에너지에 의해 단단한 지각이 부서
지면서 새로운 땅이 만들어진다는 것입니다.
우리는 대혼란 속에도 성령이 깃들어 있으며, 그것이 새로운 탄생
을 예고하는 것임을 믿어야 하겠습니다.

희망은 어둠 속에서 시작된다.

앤 라모트 _ 소설가

4월 12일

우리를 둘러싼 암흑 속에서 새로운 미래를 보기란 쉽지 않습니다.
우리는 유대인 대학살, 나가사키 피폭, 르완다, 앙골라, 보스니아,
코소보, 북아일랜드의 사건들을 통해 무엇을 배워야 할지 혼란스
럽습니다. 잔혹 행위, 대학살, 공포, 기아, 질병들을 어떻게 이해해
야 할까요? 그 모든 것들은 하느님의 섭리와 어떻게 맞닿아 있는
것일까요?
오직 어둠 속에서만 빛을 볼 수 있습니다.

새들은 누군가 답해주기를 바라며
노래를 부르는 것이 아니다.
단지 부를 노래가 있기 때문에 노래를 부르는 것이다.

중국 격언

4월 13일

서부 아일랜드의 폭스포드 양모 공장은 그 지역 전체 주민에게 일자리를 제공해준 놀랍고도 창의적이며 혁신적인 사업이었습니다. 1907년 1월 23일, 양모 공장에 불이 났습니다. 그 공장을 설립한 아일랜드 자선 수녀회의 버나드 수녀는 밤새 기도를 올리고 다음 날 아침, 사람들에게 이렇게 말했습니다.

"모든 재난에는 그 나름대로의 가치가 있습니다. 이제 우리의 실수까지도 모두 불타버렸으니, 새로운 마음으로 다시 시작합시다."

미래는 현재를 대가로 치러야만 얻을 수 있는 것이다.

새뮤얼 존슨 _ 시인

4월 14일

미래는 모든 이의 마음속에서 자라는 새싹과 같은 것입니다. 미래
는 인간의 창의력이라는 양분을 먹고 자랍니다. 우리는 다른 이들
에게 우리가 어떤 싹을 키우고 있는지를 드러내지 않고, 믿음 속에
서 기다리며, 절대로 그 싹을 포기하지 않습니다.

희망을 갖고 사는 이는 음악이 없어도 춤을 추리라.

조지 허버트 _ 시인

제16주 자연은 우리에게 몸을 가볍게 하라고 가르칩니다. 고치를 벗어야만 날 수 있습니다.

4월 15일

희망의 기다림 속에서 그 기다림에 우리 자신을 온전히 맡겼을 때, 시간은 더 이상 우리를 압박하지 않으며, 우리는 보다 자유로울 수 있습니다.

가지고 있는 것에 만족하라.
사물을 있는 그대로 즐겨라.
아무것도 부족하지 않음을 깨닫게 될 때,
비로소 온 세상이 네 것이 된다.

노자 _ 철학자

4월 16일

창의력을 최대한 발휘하기 위해서는 먼저 우리 자신을 창의적이
고 생산적인 사람이라고 생각해야 합니다. 또한 하느님이 보시기
에 우리가 소중하고 고유한 존재이며, 하느님의 부르심을 받았음
을 믿어야 합니다. 몽상가가 되십시오. 세상에서 가장 창조적인 일
을 하는 자신의 모습을 상상하며 물으십시오.

"내가 상상하는 사람과 얼마나 가까워질 수 있는가?"
"과연 그렇게 될 수 있는가?"
"내게 그럴 용기가 있는가?"
"나는 어떤 사람이 되고 싶은가?"

지금 있는 것은 언젠가 있었던 것이요
지금 생긴 일은 언젠가 있었던 일이라.
하늘 아래 새것이 있을 리 없다.

전도서 1 : 9

4월 17일

세상을 살아가다 보면 아무리 애를 써도 실제로 우리 마음대로 되
는 일은 거의 없습니다. 그러나 우리의 생각과 태도만큼은 우리의
뜻이며, 바로 그것이 모든 것을 달라지게 할 수도 있습니다.

타인의 말에 진정으로 귀를 기울이기 위해 우리는
먼저 우리 자신을 보살펴야 합니다.

틱낫한 _ 승려

4월 18일

우리는 연습을 통해 보다 올바른 태도를 가질 수 있습니다. 어떤
상황에 대해 희망적인 태도를 취하면 다음번에 똑같은 태도를 취
하는 것은 쉽습니다. 의혹에 찬 행동들이 의혹을 낳듯 희망적인 태
도는 다른 사람들에게 기대감을 주고 희망의 씨앗을 뿌립니다.

땅이 어떻게 식물을 기르고,
식물은 어떻게 열매를 맺고,
열매는 어떻게 짐승을 먹여 살리고,
하늘은 어떻게 빛과 공기를 품고,
공기는 어떻게 새들을 품는지,
그것을 보면서도 보지 못하는
어두운 자가 누구냐?

성녀 힐데가르트 폰 빙겐

4월 19일

중세 독일의 위대한 수도자이자 신비주의자였던 성녀 힐데가르트
는 인간의 건강과 행복, 인격을 평가할 때 그들의 신념, 희망, 사랑,
그리고 자연과의 조화를 기준으로 삼았습니다.

사랑에 빠져 있다면
그대 왜 잠이 드는가?

카비르 _ 철학자

4월 20일

무언가를 제대로 보기 위해서는 오랫동안 보아야 합니다. 초록빛을 보고 그저 "정원에 봄이 왔구나"라고 말하는 것만으로는 충분치 않습니다.

우리는 우리가 보는 것이 되어야 합니다. 나무나 꽃을 이해하고, 그 푸른빛과 노란빛이 소리처럼 생생하게 다가올 때까지 그것을 바라보아야 합니다. 나뭇잎과 꽃봉오리, 열매와 꽃송이 사이의 작은 침묵 속으로 들어가야 합니다. 시간을 갖고, 그들을 세상에 내보낸 고요함과 만나야 합니다.

인생을 살아가는 데는 두 가지 방법이 있다.
하나는 기적은 없다고 생각하며 사는 것이고,
다른 하나는 모든 것이 기적이라고 생각하며
사는 것이다.

알베르트 아인슈타인 _ 물리학자

4월 21일

우리의 삶에 기적이나 신비로움이 사라지고, 온갖 걱정거리들만 들
끓어 현실적인 해결책을 찾아야만 하는 순간이 되면 희망이 설 자
리는 줄어듭니다. 희망은 기적의 영역이기 때문입니다.

위대한 사상은 마음 깊은 곳에서 나온다.

마르키스 드 보브나르그 _ 윤리학자

제17주 어린 나무의 가지를 쳐주는 것은 풍요로운 수확을 위해 반드시 필요한 일입니다. 삶의 혼란을 걷어내는 것은 영혼의 성장을 위해 반드시 필요한 일입니다.

4월 22일

삶은 우리가 부딪히는 수많은 문제들로 인해 하찮아지지 않을 뿐 아니라 그것들로 평가되지도 않습니다.

사랑과 진실, 병마와 죽음은 외계의 문제들이 아니라 우리를 발전하게 해주는 경험들이지요. 우리는 그 밖에 있는 것이 아니라 그 속에 있으며, 그러한 것들은 우리로 하여금 보다 넓은 세상을 탐험하게 합니다.

신념에는 이성으로 믿을 수 없는 것을
믿는 것까지 포함된다.
우리가 믿는다는 사실만으로도
그것은 이미 이룰 수 있는 일이다.

프랑수아 마리 볼테르 _ 작가·사상가

4월 23일

더 이상 꿈을 믿지 않을 때, 삶에 활력을 주는 에너지인 사랑에서
멀어집니다. 꿈의 문을 닫는 것은 사랑의 빛에서 돌아서는 것과 같
습니다.

일요일은 흰 무명 헝겊들 위에 놓인
황금빛 비단과 같다.

Y. 뷰차이드

매년 한 번씩 시골에 내려가 시간을 보내곤 합니다. 자연 속을 거
닐며 몸과 마음을 새롭게 하기 위해서입니다. 그러다가 도시로 돌
아오면 자연의 섭리를 따르지 않는, 모든 것이 불확실한, 가난과
질병, 빈곤과 착취가 난무하는 세계로 들어선 것 같습니다.

그러나 도시의 나약한 사람들 속에서도 저는 희망을 이야기합니
다. 끔찍한 고통을 이겨내는 강인한 사람들이 제게 다시금 희망을
채워줍니다.

오직 우리의 마음만이 무엇이 소중한 것인지 알 수 있다.

표도르 도스토옙스키 _ 소설가

4월 25일

침묵 속에서 명상과 기도로 영혼을 비옥하게 하면 우리는 비로소 영혼을 열 수 있습니다. 영혼을 열 수 있을 때, 우리는 보다 훌륭하고 진실한 자아로 성장할 수 있습니다.

눈을 뜨는 것에는 평생이 걸릴 수도 있다.
그러나 보는 것은 눈 깜짝할 사이에 일어난다.
경계하라.

중국 격언

4월 26일

'용기courage'라는 말은 원래 '마음coeur'을 뜻하는 프랑스어에서
유래했다고 합니다. 용기의 본질은 힘겹고 고통스러운 상황일지
라도 마음을 다하고, 현재에 충실하며, 다른 사람에게 마음을 여는
것입니다.

하지만 마음을 여는 것만으로는 충분하지 않습니다. 똑같은 핑계
를 대며 피하기보다는 기꺼이 우리 자신을 내맡기고, 용기 있게 상
황에 대처하고, 상황을 받아들이고, 정신을 똑바로 차리고, 상황을
분명히 인식해야 합니다. 그것이 진정한 용기입니다.

세상의 아름다움은 세상 만물을 통해 드러내시는
그리스도의 자애로운 미소이다.

시몬 베유 _ 철학자

4월 27일

언젠가 전혀 듣지 못하는 장애를 가진 아이에게 무언가를 가르쳐주
려고 애쓰는 아버지를 본 적이 있습니다. 아버지는 아이의 관심을
끌기 위해 장난감을 이용했습니다. 또 스스로 어린아이가 되고 장
난감이 되기 위해서 바보처럼 행동했습니다. 아이는 몹시 힘들어
했지만, 결코 포기하지 않는 아버지 덕분에 결국에는 배울 수 있었
습니다.
아이들과 교감하고 세상의 기쁨과 경이로움을 그들과 함께 나누
기 위해서 우리는 기꺼이 바보가 될 수 있어야 하겠습니다.

행복에 대한 갈증은
인간의 마음속에서 사라지지 않는다.

장 자크 루소 _ 철학자

믿음은 불신에서 멀리 있지 않으며, 사랑은 미움에서 멀리 있지 않습니다. 희망은 의심에서 조금 떨어진 곳에 있으며, 기쁨은 항상 눈물 곁에 있습니다.

하느님은 빈손으로 우리를 어루만지시며
우리를 비우신다.

토머스 머튼 _ 신부·작가

제18주 조화로운 정원이야말로 우리가 갈망하는 영원한 평화의 모습입니다.

4월 29일

희망은 인간의 유한함을 깨닫고 그것을 받아들이는 것입니다. 희망은 인간의 삶이 마지막 순간까지 아름답고 의미 있는 것임을 믿는 것입니다.

땅이여, 주님을 찬미하여라.
땅에서 자란 모든 것들이여, 주님을 찬미하여라.

다니엘서 3 : 74

4월 30일

얼마 전에 시내 한복판에서 건너편 건물의 오래된 굴뚝 위로 뻗어
나온 나무 한 그루를 보았습니다. 너무도 특이했지만 한편으로는
너무도 평범한 나무였습니다.

우리는 평범함 속에서 아름다움을 발견합니다. 그러다가 어느 순
간, 그 누구도 그 무엇도 평범하지 않다는 사실을 깨닫게 됩니다.

5월 / 6월

봄의 싱그러움이
여름의 아름다움으로 피어나는
이 계절은 우리에게
커다란 기쁨을 선사합니다

온갖 빛깔들이 살아나면서 정원은 새로운 아름다움으로 태어납니다. 꽃이 피고 잎이 돋아나면서 나무들은 한껏 풍요로워집니다. 매일매일 새로운 일이 일어납니다. 꽃밭이 특히 그렇습니다. 이제 우리는 무척 바빠집니다. 거름을 주고, 물을 주고, 말뚝을 박고, 잔디를 깎고 무성하게 자란 잡초를 베고, 따뜻한 흙 속에 본거지를 마련하고 활동을 시작한 해충들을 잡아야 합니다.

일부러 시간을 내지 않는다면, 이 계절을 즐길 여유는 없을 것입니다. 절정기의 정원에 보조를 맞추기 위해서는 해야 할 일이 너무도 많으니까요. 잠시 일손을 놓고 차 한잔, 혹은 시원한 음료수 한잔을 들고 나와서, 가만히 앉아 정원의 환희와 아름다움을 감상해보는 것도 좋습니다.

낮 시간은 길고 분주하며 밤 시간은 피로하지만 이 계절에 우리는 삶의 아름다움을 생각하며, 감사하는 마음으로 그 기쁨을 누립니다.

잡초가 무엇인가.

그것은 아직 그 미덕이 발견되지 않은 식물이다.

랠프 월도 에머슨 _ 시인

5월 1일

아름다움은 어디에서나 발견할 수 있습니다. 심지어는 추함과 잔인함, 폭력 속에서도 말입니다. 야생화는 섬세하면서도 결연합니다. 도시의 음산한 한 귀퉁이에 꽃을 피우는 것을 보면 알 수 있지요. 정원 안에서는 잡초라고 여겨질 것들을 다른 곳에서 만났을 때, 우리는 자연의 또 다른 모습을 발견하고 뜻밖의 기쁨을 누립니다.

이 세상에 기적은 결코 부족하지 않다.
부족한 것은 감탄이다.

길버트 체스터턴 _ 작가

5월 2일

하느님의 기적은 늘 우리를 손짓합니다. 우리의 마음 깊은 곳에는 세상의 아름다움과 영원히 조화를 이루며 하나가 되기를 바라는 열망이 있습니다. 바로 그 열망이 놀라운 하느님의 세상으로 우리를 이끕니다.

방법은 오직 한 가지뿐이다.
바로, 달아나지 않는 것이다.

다그 함마르셸드 _ 정치가

5월 3일

어느 젊은 수도사가 존경받는 늙은 수도사를 찾아 사막으로 가서
마음의 평화를 유지할 수 있는 비법을 전수해달라고 했습니다. 그
러나 늙은 수도사의 대답은 뜻밖이었습니다.

"지난 70년 동안 수도사 생활을 해왔지만, 단 하루도 평화를 얻지
못했다네."

평화는 소유할 수 있는 것도, 성취할 수 있는 것도 아닙니다. 다만
부단히 그것을 추구하는 과정 속에 있는 것입니다.

어린 꽃이여,
네가 과연 무엇인지
네 뿌리까지 전부 이해할 수 있다면,
하느님이 누구인지
인간이 무엇인지도 알 수 있으리.

알프레드 테니슨 _ 시인

5월 4일

비록 잠시 스쳐가는 순간일지라도 세상의 아름다움을 깨닫는 순간, 우리는 존재의 기적을 깨닫게 됩니다. 시편에서 이르듯 바로 그 기적 속에서 우리는 기쁨을 누립니다.

우리의 삶에서 그렇듯이 예술 세계에서도
사랑은 무엇이든 가능하게 한다.

마르크 샤갈 _ 화가

5월 5일

자신에게 집착하지 않는, 언제나 자신을 세상의 중심에 놓으려고
하지 않는 건전한 자기애는 다른 사람에게 사랑을 베풀기 위해 반
드시 필요한 것입니다. 자신의 가치를 깨닫지 못한 사람은 결코 안
온함과 평안함, 기쁨을 얻을 수 없으며, 다른 이에 대한 연민도 느
낄 수 없습니다.

야훼여 당신께서는 나를 환히 아십니다.
당신은 오장육부를 만들어주시고
어머니 배 속에 나를 빚어주셨으니.

시편 139 : 1, 13

제19주 시간을 내어 자세히 들여다보면 잡초 한 포기에서도 아름다움을 발견할 수 있습니다.

5월 6일

모든 것을 다 잘할 필요는 없습니다. 모든 것을 알아야 할 필요도 없습니다. 항상 빠르고 효율적일 필요는 없습니다. 항상 이길 필요도 없고, 심지어는 경주를 할 필요도 없습니다.

우리는 본연의 모습으로, 하느님이 만드신 대로 살아야 합니다. 또한 우리가 받은 축복이 무엇인지를 깨달아야 하며, 사랑 안에서 기쁨으로 마음을 열어야 합니다.

아름다운 것을 볼 기회를 놓치지 말라.
모든 아름다움은 하느님의 친필이며,
거리의 성사聖事이니.

랠프 월도 에머슨 _ 시인

5월 7일

눈에 보이는 모든 아름다운 것들은 하느님의 실체를 반영합니다.
그 모든 것은 하느님의 뜻이 담겨 있는 그릇과도 같습니다.

날아가는 기쁨에 키스하는 자,
영원한 일출 속에 살지어다.

윌리엄 블레이크 _ 화가 · 시인

5월 8일

기쁨은 열심히 노력하고, 추구하고, 갈망한다고 해서 얻어지는 것
이 아닙니다. 경제적 안정감, 지적인 욕구의 충족, 박수와 같이 노
력으로 얻을 수 있는 것들도 있지만, 기쁨은 그렇지 않습니다. 기
쁨은 하느님의 축복이므로, 그것을 찾아헤맨다 해도 얻을 수 없습
니다.
기도하십시오. 기쁨이 올 것입니다.

아무에게도 마음을 주지 않으면
누구도 당신의 마음에 상처를 입힐 수도, 꿰뚫을 수도,
구원할 수도 없을 것이다.

클라이브 루이스 _ 소설가

5월 9일

사랑에는 위험이 따릅니다. 누군가를 사랑하면 쉽게 상처받기 때
문입니다. 당신의 마음을 깨뜨리고, 찌르고, 상처를 주어 그것을
온유하게 만들 사람에게 당신의 사랑을 주십시오.
무조건 사랑을 주십시오.

두려워 말라. 내가 너를 건져주지 않았느냐?

이사야서 43 : 1

🌿

5월 10일

때로는 사랑만으로 충분치 않은 경우가 있습니다. 우리가 도우려고 하는 사람이 폭력이나 학대, 좌절로 인해 깊이 상처를 받은 경우라면 기술과 지식이 없는 사랑은 오히려 장애물이 될 수도 있지요.

곤경에 처한 사람들이 전하려는 메시지는 때로 혼란스럽고 이해하기 어려운 행동으로 표출됩니다. 그들의 메시지를 받아들이고 해독하기 위해서는 전문적인 기술이 필요합니다. 외부의 도움이 필요한 순간을 깨닫는 것이야말로 다른 사람을 돕는 데 있어 가장 중요한 일입니다.

우리는 우리가 진실이라고 믿고 싶은 것을 믿는다.

프랜시스 베이컨 _ 철학자

5월 11일

지구의 자원이 유한하다는 것은 누구나 알고 있습니다. 그러나 우리는 마치 자원이 무한한 듯이 행동하고 있습니다. 우리는 미개발국의 사람들도 우리와 똑같은 수준의 삶을 누리게 되기를 바라지만, 실제로 그렇게 된다면 에너지 소비와 천연자원의 고갈, 공해와쓰레기 문제를 생각해볼 때, 그야말로 재앙이나 마찬가지입니다. 그것은 사실 불가능한 일이기도 합니다.

주여, 당신이 저를 만드셨으니 제 영혼은
주님 안에서만 편히 쉴 수 있습니다.

성 아우구스티누스

5월 12일

사랑은 존재의 이유입니다. 사랑은 인간으로 태어난 우리의 사명
이기도 하지요. 인간의 마음은 칭찬과 감사, 사랑을 위해 존재합니
다. 그것은 우리 마음에 새겨진 진실입니다. 우리가 그 사실을 이
해하건 못 하건, 동의하건 안 하건 그것은 중요치 않습니다. 우리
가 누릴 수 있는 유일한 기쁨은 누군가를 진심으로 사랑하는 것을
통해서만 얻어지기 때문입니다.

영혼으로 살아간다면 본인이 의식하지 못할지라도 인간관계가 개선된다.

레프 톨스토이 _ 소설가

제20주 장미의 아름다움과 백합의 찬란함도 스위트피의 향기와 데이지의 매력을 잠재울 수는 없습니다.

5월 13일

저는 다양한 경험과 관습을 가진 사람들이 모인 조직의 일원으로 살고 있습니다. 때로는 다른 사람에게 모습을 드러내고 제 자신의 나약함과 결점을 보여주며 살아야 하는 것이 쉽지는 않습니다. 종교 공동체이건, 가족이건, 혹은 함께 살거나 함께 일하는 모임이건 모든 조직은 사랑이 바탕이 되어야 합니다. 사랑 속에서 우리는 매일매일 서로에게 우리 자신의 특별함을 보여줄 수 있습니다.

조화의 힘으로,

깊은 기쁨의 힘으로,

고요해진 한쪽 눈으로

우리는 만물의 생명을 들여다보네.

윌리엄 워즈워스 _ 시인

5월 14일

부모로서, 혹은 교육자로서 이 우주를 거대한 인간의 수용소, 혹은
인류의 놀이터로 인식하지 않고 하느님의 창조물이라고 보는 시
각은 개인주의, 실용주의, 자연에 대한 서구의 탐욕주의에 정면으
로 맞서는 개념입니다.

베란다에 앉아 있지 마라.
밖으로 나가서 빗속을 걸어라.

카비르 _ 철학자

5월 15일

우리가 일상에서 깨어나 모든 것을 예사롭지 않게 받아들인다면
예측할 수 있는 일들까지도 놀라운 기적으로 다가올 수 있습니다.
우리의 의식이 완전히 깨어나면 모든 일을 예측할 수 있지만 모든
것이 경이롭습니다.
이 세상이 어떻게 돌아가는지를 완전히 이해한다고 해도, 세상이
존재한다는 것 자체만으로 우리는 충분히 감탄할 수 있습니다.

선한 사람들은 자기도 모르는 사이에 서로를 돕고,
악한 사람은 고의적으로 서로에게 해를 입힌다.

중국 격언

5월 16일

우리는 다른 사람들이 우리를 어떻게 이해하고, 인정하고, 생각하고, 믿는가에 따라 우리 자신이 누구인지를 깨닫게 됩니다. 다른 사람이 우리를 인정하고 신뢰할수록 우리는 자신감을 얻습니다. 부족함에도 불구하고 누군가에게 받아들여질 때, 우리는 자신의 부족함을 보다 정확하게 볼 수 있고, 그로 인해 자신을 미워하지 않고 오히려 초월할 수 있습니다.

우리가 해야 할 일은 다른 사람을 사랑함으로써 그들이 최대한 잠재력을 발휘하여 더 훌륭한 모습으로 성장하도록 돕는 것입니다.

오직 아름다움만이 세상을 구원하리라.

표도르 도스토옙스키 _ 소설가

5월 17일

아름다움보다 더 큰 축복은 오직 아름다움을 깨닫는 우리의 마음
뿐입니다. 자연은 우리에게 매일 기적을 펼쳐 보입니다. 하지만 창
문을 열고 그것을 바라보는 것은 우리 자신입니다. 우리가 원한다
면 우리는 매일매일을 기적의 콜라주 속에서 살 수 있습니다.

예수님은 그를 유심히 바라보시고 대견해하셨다.

마르코복음 10 : 12

5월 18일

다른 사람들이 스스로를 못난 존재라고 생각하게 만들기는 쉽습니다. 우리는 그들을 경멸함으로써 그들이 얼굴을 감추고 싶게 만들 수 있습니다. 반면 사랑으로 그들을 대함으로써 그들의 진정한 가치와 아름다움을 깨닫게 해줄 수도 있지요.

기쁨은 늘 활동 중이다.

존 밀턴 _ 시인

5월 19일

5월의 어느 날, 저는 슬리고에서 더블린을 향해 차를 몰고 있었습니다. 햇살에 반짝이는 호수와 컬리우 산의 빼어난 경관을 바라보던 중, 문득 말을 탄 한 남자의 동상이 눈길을 끌었습니다. 언뜻 보기에 진짜 사람 같았던 근사한 동상을 자세히 보기 위해 저는 속도를 늦추었습니다. 바로 그때, 플라시도 도밍고가 부르는 푸치니의 곡이 라디오에서 흘러나왔지요. 그것은 제가 가장 좋아하는 노래였습니다.

예기치 못한, 그러나 완벽한 환희의 순간이었습니다.

사랑은 모든 것을 정복한다.
우리도 사랑에 굴복해야 한다.

베르길리우스 _ 시인

제21주 진, 선, 미의 씨앗은 우리 마음속에 있습니다. 우리는 종종 그 사실을 잊곤 하지만, 그 씨앗이 우리를 강하고 아름다운 사람으로 성장하게 합니다.

5월 20일

우리를 사랑하는 사람들은 우리가 허락만 하면 언제라도 우리를 사랑의 세계로 이끕니다.

심장이여, 춤을 추어라.
기쁨의 오늘이여, 춤을 추어라.

카비르 _ 철학자

5월 21일

일상 속에서 간절히 기적을 기다리는 마음으로 우리의 삶이 채워
진다면 마술 같은 일이 일어납니다. 그렇게 평범한 삶이 비범해지
는 것입니다.

신이여, 별님이여, 나무들이여, 하늘이여, 사람들이여,
세상의 모든 것이여, 신이여…….

앨리스 워커 _ 작가

5월 22일

기쁨은 뛰노는 다람쥐처럼 장난꾸러기입니다. 기쁨은 연못 위에서
헤엄치는 오리들처럼 명랑합니다. 기쁨은 언덕을 타고 내려와 바
위를 감고 흐르는 시냇물처럼 활기찹니다. 기쁨은 어디에나 존재
합니다. 그것은 한 움큼의 햇살 속에 기지개를 켜는 고양이이기도
하고, 꽃 주위를 맴도는 벌이기도 합니다.

친구란 우리 마음속의 모든 것을
쏟아낼 수 있는 사람이다.
우리가 쏟아내는 것 중에는 낟알도 있고 겨도 있다.
친구의 손은 살며시 그것들을 받아내어 체로 친 다음,
담아두어야 할 것은 담아두고
버릴 것은 조심스럽게 버린다.

아라비아 격언

5월 23일

사람들과 함께 일을 하거나 함께 지내다 보면 개개인의 결함이나
약점이 드러나게 마련입니다. 다른 사람의 약점을 깨달았을 때, 우
리는 선택을 하게 됩니다. 하나는 그 사람에 대해 불평을 하거나
비판하는 것이며, 다른 하나는 그들을 사랑하는 것입니다. 어느 편
이 더 큰 기쁨이 될까요?

사랑에게 모든 것을 주어라.

그대 마음을 따르라.

그 어느 것도 거부하지 말라.

랠프 월도 에머슨 _ 시인

5월 24일

사적인 영역에 치중할수록 우리는 외부와 담을 쌓는 셈이 됩니다.
심리적, 물리적, 문화적, 정신적인 담을 쌓는다면 다른 사람을 볼
기회가 그만큼 줄어들겠지요.

진정한 우정은 천천히 자라는 것이며,
서로의 장점에 접붙이지 않으면 결코 번창할 수 없다.

길버트 체스터턴 _ 작가

5월 25일

모든 실패한 사랑의 밑바닥에는 두려움이 자리 잡고 있습니다. 사
랑을 주는 것이 위험하다는 생각 때문이지요. 그러나 그러한 두려
움의 길을 따라가다 보면 우리는 점점 더 고립되고 외로워질 뿐입
니다. 반면 사랑의 길을 따라가다 보면 신뢰, 공감, 우정, 변화에 도
달하게 됩니다.

춤을 추어라!
기쁨을 가두지 말라!

조지 고든 바이런 경 _ 시인

진정한 기쁨은 넘침 속에 존재합니다. 오늘날의 우리 사회는 넘치려는 순간에 그 그릇을 넓히기 때문에 넘침의 기쁨을 누리기가 힘들지요.

하지만 우리가 그릇을 더욱더 작게 만들고, 욕망을 줄인다면 넘침의 기쁨은 더 자주 찾아올 것입니다.

예루살렘의 무너진 집터들아,
기쁜 소리로 함께 외쳐라.
야훼께서 당신의 백성을 위로하시고
예루살렘을 도로 찾으신다.

이사야서 52 : 9

제22주 생활이 분주해질수록, 우리는 더욱 쉽게 아름다움과 행복을 성공
이나 욕망과 맞바꾸고 그 둘의 차이를 구분할 능력을 잃어버립니다.

5월 27일

기쁨은 무슨 일이 일어나느냐에 달려 있는 것이 아닙니다. 무슨 일
이 일어나건 우리는 기쁨을 누릴 수 있습니다. 기쁨은 우리 존재의
근원에서 만들어지는 일종의 축복이기 때문입니다. 기쁨은 우리에
게 일어나는 모든 일에 대해 항상 온 마음을 다해 응답하는 것입
니다.

존재 자체로 큰 선물이 되어주는 친구에게
마음을 다해 감사하라.

소크라테스 _ 철학자

5월 28일

미국을 처음 방문했을 때, 절대로 거리의 부랑자들과 눈을 마주치
지 말라는 충고를 들었습니다. 그러나 그 집 없는 이들에게 가장
필요한 것은 누군가 그들의 존재에 관심을 가져주고, 반겨주고, 존
중해주고, 평범한 사람들처럼 대해주는 것이었지요. 그들에겐 그
것이 먹을 것이나 입을 것, 쉴 곳, 돈보다도 더 절실했습니다.
저는 그래서 그 충고를 듣지 않았습니다.

경탄이 없는 이 위태로운 상황에
얼마나 오랫동안 머물러야 하는가.

존 키츠 _ 시인

5월 29일

언젠가 나이지리아에서 여자와 아이들이 물을 긷기 위해 우물가에
길게 줄을 서 있는 것을 보았습니다. 그런데 뒤쪽에 서 있던 사람들
에게까지 물이 돌아가지 않았습니다. 그러자 그들은 바로 물을 서
로 나누었습니다. 그 속에서 그들은 기쁨을 누리고 있었습니다.

현명한 자는 구하려 애쓰지 아니하며
무지한 자는 스스로를 옭아맨다.
마음으로 마음을 다스리려 하니
어찌 막대한 혼란을 피할 수 있겠는가.

승찬 대사

5월 30일

우리를 둘러싼 세상에서 아름다움을 발견하고 기쁨을 얻기 위해
서 세상이 우리에게 무상으로 베푸는 것들에 대해 마음을 열어야
만 합니다. 그렇게 하는 순간에 우리는 자연스레 감탄, 놀라움, 감
사로 반응할 것입니다.
정말 그렇습니다. 멀리 찾아 헤맬 필요가 없습니다.

사랑의 손길이 닿으면 누구나 시인이 된다.

플라톤 _ 철학자

5월 31일

지나치게 무리한 일정이나 과중한 업무는 때로 두려움의 징후일
수도 있습니다. 늘 바쁘게 돌아다니며 사람들을 기쁘게 하려고 애
를 쓰고, 그러면서도 한편으로는 다른 사람들의 지나친 기대감에
분노합니다. 겉으로는 화를 내지만 사실 속으로는 두려워하는 것
입니다. 잠시 멈추어 서서 황망한 걸음걸이를 늦추고 우리 자신의
모습을 바라보는 것이 두려운 것이지요. 다른 사람들로부터 충분
히 사랑받지 못할까 봐 말입니다.

내가 너희를 사랑한 것처럼 너희도 서로 사랑하여라.
이것이 나의 계명이다.

요한복음 15 : 12

6월 1일

조건 없는 사랑은 우리에게 뿌리와 날개를 선물합니다. 뿌리는 자
의식과 정체성을, 날개는 독립심과 자유를 주지요.
그러나 뿌리와 날개 사이에는 공간이 있습니다. 바로 그 공간에서
다른 이에게 힘을 북돋워주는 마음의 여유가 생기는 것이지요. 그
것은 다른 이들이 그들 자신을 믿고, 하느님의 초월성을 믿고, 치
유와 구원의 책임을 깨달을 수 있도록 도와주고픈 마음입니다.
이 모든 것을 이해할 때, 비로소 우리가 얼마나 소중하고 축복받은
존재인지 깨닫게 됩니다.

오, 음악에 맞춰 흔들리는 몸이여,

오, 환한 눈빛이여,

춤추는 이와 춤을 우리가 어찌 구분하겠는가?

윌리엄 버틀러 예이츠 _ 시인

6월 2일

성령강림절 저녁, 코크에 있는 수녀들의 초대를 받았습니다. 저는
성당으로 들어갔습니다. 한 노수녀님이 제대를 장식하고 있더군요.
그녀는 화분 하나하나가 제자리를 찾을 때까지 이리저리 놓아보며
궁리를 했습니다. 꽃들이 도착하자 수녀님은 다시 꽃을 배열하면서
수시로 뒤로 물러나 먼 곳에서 꽃 장식을 바라보곤 했습니다.

모든 화분과 꽃들이 자리를 찾아가는 동안, 제대에는 세심함과 존
경, 다정함, 사랑, 정성이 깃드는 듯했습니다. 모든 것이 제자리에
서 서로를 돋보이게 해주고 있었습니다. 우리가 이 세상의 모든
것, 모든 이에게 그와 똑같은 존경과 사랑을 베푼다면 세상이 얼마
나 아름다워질까 생각해보지 않을 수 없었습니다.

우리는 하느님의 작품입니다.
하느님께서 미리 마련하신 대로 선한 생활을 하도록
그리스도 예수를 통해서 창조하신 작품입니다.

에페소서 2 : 10

제23주 세상의 아름다움을 인식하는 순간 우리는 모든 것에 감사하게 됩니다. 그러한 깨달음이 없다면 우리는 저마다 자신의 욕망 속에서 안절부절못하며 허둥댈 뿐입니다.

6월 3일

정신 장애인을 위한 공동체 마을 '라르슈'의 설립자인 장 바니에 씨와 샤르트르 대성당의 조각 작품 〈하느님이 아담을 창조하시다〉에 관해 이야기를 나눈 적이 있습니다. 그가 말했습니다.

"'야훼 하느님께서 진흙으로 사람을 빚어 만드시고, 코에 입김을 불어넣으시니 사람이 되어 숨을 쉬었다'라는 구절은 마치 예술가가 '나는 너를 사랑한단다. 너는 정말 아름답구나'라고 말하는 것과 같습니다."

매일 하느님이 하시는 말씀에 귀를 기울이는 것이야말로 우리의 의무입니다. "나는 너희를 선택했고, 너희는 소중하고 아름답다. 나는 너희를 사랑하노라."

사랑은 결코 의심하지 않는다.

마이스터 에크하르트 _ 신비주의자

6월 4일

사랑하고 사랑받고 싶다는 욕망을 인정할 때, 우리는 상처받기 쉬운 자아를 드러내는 위험을 감수합니다. 어떤 사람은 자신의 나약함을 드러내지 않기 위해 영원히 사랑에 대한 욕구를 인정하지 않습니다.

그러나 사랑의 욕구를 인정하지 않으면 결코 사랑을 얻을 수 없습니다. 따라서 우리에게는 어차피 한 가지 선택만이 남습니다. 다른 이에게서 아무런 대답도 듣지 못하느니 원치 않는 대답을 들을 수도 있는 위험을 감수하는 편이 나을 테니까요.

무엇을 사랑하느냐에 따라 우리의 모습이 만들어진다.

요한 볼프강 폰 괴테 _ 작가

6월 5일

더불어 살아야 하는 데에는 이유가 있습니다. 인간은 저마다 다른 재능을 타고났기 때문입니다. 나누지 않으면 그 재능은 오히려 짐이 됩니다.

인간의 성장과 발전은 어느 정도는 다른 사람의 도움으로 이루어집니다. 우리가 다른 이들에게 도움을 주듯 다른 이들과 함께, 그들의 도움을 받으며 우리의 재능을 나눈다면 훨씬 더 멋진 삶을 살 수 있을 것입니다.

사랑은 인간을 원숙하게 만들고,
진정한 자신의 모습으로 돌아가게 하며,
다른 사람에게 전부가 되고 싶게 만드는
훌륭한 동기이다.

라이너 마리아 릴케 _ 시인

6월 6일

사랑이 있는 곳에는 삶의 척박함이 사라집니다. 사랑을 주는 쪽이
건 받는 쪽이건 상관없습니다. 사랑을 주고받는 과정에서 우리 모
두가 하나임을 깨닫게 되고, 그것이야말로 우리가 진심으로 원하
는 것이기 때문입니다.

귀를 기울이고 나에게로 오너라. 나의 말을 들어라.
너희에게 생기가 솟으리라.

이사야서 55 : 3

6월 7일

"제 고양이 친구한테 인사하셔야죠." 여섯 살짜리 조카아이가 복슬복슬한 아기 고양이를 아침 식사 중이던 제 코앞에 내밀며 말했습니다. 녀석은 제가 고양이를 미처 보지 못한 것을 깨닫고 일부러 고양이를 보여주었습니다.

우리 주위에 무엇이 있는지 깨닫지 못하면 우리는 아름다움을 보지 못하고, 기적을 놓칩니다. 그것은 온전한 삶이 아닙니다. 어느새 경이로움이 냉소주의에게 자리를 내주게 될 테니까요.

하느님은 우리 안에서 힘차게 활동하시면서
우리가 바라거나 생각하는 것보다 훨씬 더 풍성하게
베풀어주실 수 있는 분이십니다.
하느님께서 교회와 그리스도 예수를 통하여
세세 무궁토록 영광을 받으시기를 빕니다. 아멘.

에페소서 3 : 20~21

6월 8일

하느님의 사랑은 항상 기다리시고, 온유하게 다독여주시고, 격려
하시고, 갈망하심으로써 우리가 이 세상에 태어난 모습대로 살게
하십니다.

우리가 세상에 존재하는 것은 오직 사랑하기 위함이다.

블레즈 파스칼 _ 철학자

6월 9일

우리가 해야 할 일은 오직 사랑하는 것뿐입니다. 예수 그리스도가
제자들에게 바랐던 것도 그것뿐이었습니다. 하지만 그것은 세상
에서 가장 어려운 일일 수도 있지요. 아마도 우리가 인간의 힘에
만 의지하기 때문이라는 생각이 듭니다. 우리 자신을 하느님의 사
랑의 표현이며, 하느님의 사랑의 도구라고 생각한다면 사랑하기가
훨씬 쉬워질 것입니다.

우정은 두 개의 육신에 살고 있는 하나의 영혼이다.

아리스토텔레스 _ 철학자

제24주 아름다움을 감상할 수 있는 능력을 기르는 데는 시간과 성찰이 필요합니다. 그러한 능력을 갖게 되었을 때, 우리는 매일 보는 일몰과 친절한 한마디 말에도 감탄하게 됩니다.

6월 10일

두 사람이 만나 우정을 싹 틔우고 그것을 키워가는 수고를 감수할 때, 그들은 비로소 서로에 대한 신뢰 속에 진정한 자신의 모습을 드러낼 수 있습니다. 두 사람 사이의 신뢰의 깊이에 따라 유대의 강도가 정해집니다.

친구 간의 우정에 필요한 것들은 관용, 기꺼이 들어주는 것, 성의 있는 답변, 서로에 대한 신뢰, 있는 그대로의 자신을 드러내는 것 등입니다.

사랑은 그 겨드랑이 밑에 열쇠들을 숨기고 있다.
어서 문을 열어라.

블레즈 파스칼 _ 철학자

6월 11일

사랑할수록 우리는 더욱 사랑스러운 사람이 됩니다. 사랑은 친절
을 낳고, 존경을 끌어내며, 긍정적인 태도를 갖게 만들고, 희망과
자신감을 불어넣을 뿐 아니라 기쁨, 평화, 아름다움, 조화를 가져
다줍니다.

사랑은 아무것도 소유하려 하지 않는다.
단지 사랑하기를 원할 뿐이다.

헤르만 헤세 _ 작가

6월 12일

진정한 사랑은 소유하려 하지 않습니다. 사랑을 받아들이건 거부하건, 응답하건 외면하건 그 사람의 자유에 맡기는 것입니다. 진정한 사랑은 겸허하며, 상대가 원하는 일을 하기 위해 가장 비천한 일도 마다하지 않습니다. 진정한 사랑은 상대의 재능이나 요구, 소망에 민감합니다. 진정한 사랑은 상대를 측은히 여기며, 너그럽고, 자기 희생적입니다.

사랑을 얻으려 애쓸 필요는 없습니다. 우리가 응답하지 않아도 사랑은 늘 그 자리에서 우리를 기다립니다.

우리의 행동은 비록 오래전의 것일지라도
항상 우리와 함께 있다.
과거의 우리가 현재의 우리를 만든다.

조지 엘리엇 _ 소설가

6월 13일

우리가 한 행동들은 결국 우리에게로 돌아옵니다. 오늘날 우리가
겪게 되는 일들은 우리의 과거에 뿌리를 두고 있습니다. 우리가 모
든 일에 대해 사랑으로 응답할 때마다 우리는 새로운 사랑의 행위
를 창조하는 것이며, 머지않아 그것은 우리에게 다시 돌아옵니다.

아름다운 것은 영원한 기쁨, 그 사랑스러움은
커져만 갈 뿐 결코 헛된 것으로 변하지 않으리.

존 키츠 _ 시인

6월 14일

조앤은 우리 공동체에서 6년간 생활했으며 우리는 그녀를 사랑했
습니다. 평생 끔찍한 학대를 받으며 살았지만 그녀는 희망을 버리
지 않았습니다.

"스탠 수녀님, 제 장례식에 오실 건가요?" 조앤은 가끔 그렇게 질
문해놓고 웃으며 말했습니다. "하긴 수녀님 같은 할머니가 제 장
례식에 오실 리가 없지요. 저보다 훨씬 먼저 하느님 곁으로 가실
테니까요."

반대편에서 달려오던 도난 차량에 치여 조앤은 그 자리에서 목숨
을 잃었습니다. 그녀의 나이 마흔아홉이었지요. 조앤은 아무것도
가진 게 없었습니다. 하지만 그녀의 방은 그녀가 받은 카드들로 장
식되어 있었습니다. 평생토록 그녀가 원했던 것은 오직 사랑받는
것뿐이었습니다.

모든 예술가가 특별한 사람은 아니다.
모든 사람이 특별한 예술가이다.

에릭 길 _ 판화가

6월 15일

창의성은 우리 모두에게 열려 있는 삶의 방식입니다. 창의성은 우리의 영혼에서 솟아나는 것이기 때문입니다. 이것은 서구 사회에서는 결코 깨닫지 못하는 부분이기도 합니다. 사실 우리는 그 반대로 배워왔지요. 창의성은 소수의 특권층에게만 해당되는 것이라고 말입니다.

물론 어느 시대에나 예술 작품을 통해 크나큰 기쁨과 즐거움을 선사하는 예술가들은 있게 마련입니다. 하지만 그들을 특별한 사람으로 인식하다 보면 우리 자신의 창의적 재능을 잃게 됩니다. 그것은 인간으로서 자신의 생명력을 파괴하는 것입니다.

어둠 속에도 있어보았고
햇살 속에도 있어보았노라.
이제야 나는 그 둘이
하나임을 깨달았노라.

러디어드 키플링 _ 소설가

6월 16일

진정한 사랑과 그 사랑을 가로막는 장애물 사이에서 고통을 느낄
때, 우리의 마음은 찢어질 듯 아픕니다. 마음에 상처가 생기면 그
고통 속에서 우리는 나약하고 여린 존재가 됩니다. 하지만 바로 그
순간, 우리 자신의 본모습과 만나게 됩니다.

나는 몸을 숙이고 편안히 거닐며
여름풀의 싹을 응시한다.

월트 휘트먼 _ 시인

제25주 아름다운 것들은 평범한 우리들이 사기에는 대개 너무 비싼 것들입니다. 하지만 자연의 아름다움은 누구나 무상으로 즐길 수 있습니다.

6월 17일

우리 마음은 항상 무엇이 최선인지를 알고 있습니다. 하지만 우리는 종종 마음의 소리에 귀를 기울이지 않고 외면하지요. 우리 머리는 너무 바쁜 나머지 잠시 휴식을 취할 여유조차 없다고 말합니다. 우리 마음이 휴식을 부르짖고 있을 때조차도 말입니다.

저 역시 꼭 그런 경험을 한 적이 있습니다. 마음의 애원을 무시하다가 결국에는 지치고 병이 들어서 모든 것을 중단해야만 했지요. 정말 뼈아픈 교훈이었습니다.

이렇게 하면 훨씬 좋을 것 같습니다. 우리 마음속의 자아에게 모든 일을 상담하고, 마음의 소리에 귀를 기울이는 겁니다. 그러면 지혜를 얻게 될 것입니다.

나의 힘이여,

내가 당신만 쳐다봅니다.

하느님은 나의 요새, 나의 사랑.

시편 59 : 9~10

6월 18일

"내 계획에 동의해준다면 당신을 지지해주지요. 당신이 내가 원하는 대로 해주면 당신을 사랑해주겠어요. 내 삶과 내 계획들을 방해하지 않겠다고 약속하면 당신과 함께하겠어요."

우리의 사랑이 늘 조건부라면 조건 없는 진정한 사랑을 이해하기가 어려워집니다. 하지만 하느님의 사랑은 조건 없는 사랑입니다.

진정으로 사랑했던 마음은 결코 그 사랑을 잊지 않는다.

토머스 무어 _ 시인

6월 19일

사랑은 마음을 열고 사는 것을 의미합니다. 다른 사람들을 반기고 그들에게 우리 마음속의 자리를 내주는 것입니다. 한 사람에게 조금 도움을 주고 다른 사람한테로 이동하는 것이 아닙니다. 그것은 우리가 그들이 원하는 도움을 줄 수 없는 상황에서도 마음을 열고 그들을 우리 마음속에 들어오게 하는 것입니다.

우리의 몸은 선과 악이 가득한 도시와 같다.
우리는 그 도시의 왕(또는 여왕)이며,
우리의 마음은 가장 훌륭한 조언자이다.

동양 격언

6월 20일

15년 전에 물에 빠져 죽을 뻔한 적이 있습니다. 그때의 몸부림, 두려움, 생존을 위한 처절한 노력들을 지금도 저는 어제 일처럼 생생하게 기억합니다.

큰 사고를 당하지 않더라도 우리는 육신의 소중함, 위기 상황에서 생존을 위해 버틸 수 있는 한계에 대해 생각해보아야 합니다. 산다는 것이야말로 하느님의 은총이며, 그로 인해 우리는 삶의 시련을 헤쳐나갈 수 있습니다.

친절하고 지적인 사람일수록
다른 사람에게서 친절한 대우를 받는다.

레프 톨스토이 _ 소설가

6월 21일

장애아인 자신들의 아이를 위해 남다른 성실함으로 헌신하는 한 부부를 알고 있습니다. 그들은 밤낮으로 아들을 돌보았지만, 아이는 2년 뒤에 갑자기 세상을 떠나고 말았습니다. 다시 아이를 가진 부부는 지극한 정성으로 그 아이를 돌보았지만, 역시 뇌막염에 걸려 갑자기 세상을 떠났습니다. 부부는 아이 하나를 입양하여 자기 자식들에게 그랬던 것처럼 사랑을 쏟아부었습니다. 신념을 갖는다는 것은 결코 쉽지 않지만, 불가능한 일도 아닙니다.

가장 훌륭한 축복은 유쾌한 친구이다.

호라티우스 _ 시인

6월 22일

도움이 필요한 사람, 즉 상처받고 학대받은 사람들은 자신을 도우려는 사람들에게 마음을 열고 자신의 모습을 드러내는 것을 두려워합니다. 그들에게는 자신들의 이야기에 귀를 기울여줄 사람이 필요합니다. 우리는 그들에게 그들이 결코 멸시당하지 않는다는 사실을 깨우쳐주어야만 합니다. 그리고 자긍심, 자존심, 자부심, 품위, 능력 같은 것들을 되찾을 수 있도록 도와주어야만 합니다. 그무엇보다도 그들에게 필요한 것은 타인에게 인정받는 것입니다.

사랑하는 여러분에게 당부합니다.

우리는 서로 사랑합시다.

사랑은 하느님으로부터 오는 것입니다.

사랑하는 사람은 누구나 하느님으로부터 났으며

하느님을 압니다.

요한1서 4 : 7

6월 23일

사랑은 하나가 되겠느냐는 질문에 "네"라고 대답하는 것입니다. 사랑에 빠졌을 때, 우리는 너무도 행복한 나머지 "네"라고 대답하는 것마저 큰 기쁨이 됩니다. 그러나 상황이 어려워지면 "네"라고 대답하기가 힘들어집니다.

기쁠 때나 슬플 때나 두 사람이 하나여야 함을 깨닫는 것이야말로 진정한 사랑입니다.

인간성의 충만함이야말로 하느님의 영광이다.

성 이레네오 _ 신학자

6월 24일

신의를 지키는 것은 하느님의 조건 없는 사랑을 본받고자 하는 특별한 사랑의 모습입니다. 그러나 폭력적이며 파괴적인 상황, 즉 사랑하는 사람이 우리를 괴롭히고 우리의 성장을 방해하는 상황이라면 신의를 지키기가 어려워집니다. 그러한 상황에서는 우리가 성실함을 저버리는 것이 아니라 그 사람, 혹은 상황이 우리의 사랑을 거부하는 것입니다.

의무감 때문에 그 상황에 계속 머무르려 애쓸 수도 있지만, 그것은 신의를 지키는 것이 아닙니다. 진정한 의미의 신의는 우리의 삶에 생기를 불어넣지만, 학대를 받는 상황은 그러한 생기를 빼앗기 때문입니다.

세상의 모든 사물에는 진정한 지혜가 들어 있다.

레프 톨스토이 _ 소설가

6월 25일

껍질을 깨고 마음을 밖으로 드러냈을 때, 이상과 다른 자기 자신의
모습에 갑자기 발가벗은 기분이 됩니다. 그러나 바로 그 발가벗음
속에서 우리는 존재의 본질을 음미할 수 있으며, 그렇게 우리는 치
유됩니다.

우리를 기다리고 있는 삶을 위해
우리가 준비해온 삶을 기꺼이 포기해야만 한다.

조지프 캠벨 _ 비교신화학자

6월 26일

때때로 이 세상에서의 우리의 사명과 우리가 누리는 특별한 은혜를 보곤 합니다. 하지만 대부분의 시간에 우리의 마음은 굳게 닫혀 있고 구름이 무겁게 드리워진 나머지 하느님이 준비하신 것들을 미처 보지 못하지요.

하지만 우리가 마음의 문을 닫는다고 해도 하느님은 끝없이 우리를 당신에게로 이끄십니다. 이따금씩 불안감이나 다른 삶의 방식에 대한 동경, 영혼이 충만하고 자유로운 세상에 대한 그리움이 느껴지는 것은 바로 그 때문입니다.

당신이 원하는 모습이 되기에
너무 늦은 때란 있을 수 없다.

조지 엘리엇 _ 소설가

6월 27일

우리는 모두 하느님이 품으신 이상의 일부이며, 하느님은 우리 마
음속에서 당신의 이상을 펼치십니다. 우리 마음속에서 이상을 펼
치시는 하느님의 힘은 우리의 잠재력을 끌어내고 그 이상을 깨닫
게 합니다.

사랑이 없으면 사람들과 함께 일할 수 없다.
마치 조심하지 않으면
벌들과 함께 일할 수 없는 것과 같다.
아주 주의를 기울이지 않으면
우리는 우리 자신은 물론 벌들도 다치게 한다.
인간관계에서도 마찬가지이다.
서로 사랑하는 것이야말로
우리 존재의 가장 중요한 규율이다.

레프 톨스토이 _ 소설가

6월 28일

서로 사랑하라는 하느님의 계명은 아주 간단합니다. 하지만 그 계명을 지키기란 너무도 힘이 듭니다. 하느님의 사랑은, 진정한 자아는 자신뿐 아니라 우리의 이웃까지도 포용하는 것이라고 가르치십니다.

지기 지신의 주인이 되기 위해서는 아무런 노력도 필요하지 않습니다. 그저 자동적으로 마음속의 자신에게 "네"라고 대답하기만 하면 되니까요. 그러나 사랑은 자신에게는 물론 이웃에게까지 "네"라고 대답하고 조화를 이루며 사는 것입니다.

인생의 재미란 바로 그런 것이다.
만약 최상의 것을 구하지 않고 적당히 안주하면
삶은 우리에게 꼭 그만큼만 준다.

서머싯 몸 _ 작가

6월 29일

우리가 사랑으로 만들어졌고, 사랑에서 태어났으며, 하느님의 크신 사랑 안에 살고 있다는 것을 믿으면 사랑을 베풀 때마다 그 대가가 우리가 상상할 수 있는 것보다 훨씬 크다는 것을 깨닫게 됩니다.

우리는 사랑의 행위를 통해 우리를 둘러싼 세상을 만들어가는 창조자입니다. 사랑하는 마음과 사랑의 말, 사랑의 행동 없이는 결코 좋은 세상을 만들 수 없습니다.

정말 야훼께서 여기 계셨는데도 내가 모르고 있었다.

창세기 28 : 16

6월 30일

누군가에게 완전히 이해되고 환영받는 기쁨은 사랑을 듬뿍 받는
특별한 순간에만 느낄 수 있는 것은 아닙니다. 다정함, 용서, 겸손
을 표현하는 작은 행동들 속에서도 느낄 수가 있습니다.

7월 / 8월

한여름의 풍요로운 정원은
영혼을 위한 선물입니다

7월과 8월은 기쁨으로 충만한 시기입니다. 정원은 자라는 식물들로 푸르러지고 피어난 꽃들로 환해집니다. 꽃밭에는 무지개 빛깔이 펼쳐지고 벽걸이 화분에도 꽃들이 흐드러집니다. 스위트피의 향기도 너무나 아름답습니다. 여름의 정취를 즐기는 동안 우리는 수확을 예측하며 나무딸기와 자두를 땁니다.

해마다 이맘때가 되면, 우리는 정원에서 가장 바쁜 나날을 보냅니다. 장미에는 물을 뿌려주어야 하고, 다년생 화단의 빈 자리에는 일년생 화초를 심어야 합니다. 또 새로운 꽃을 피울 수 있도록 시든 꽃들은 잘라내주어야 합니다.

할 일은 너무도 많지만 모든 시간을 일하는 데 쏟아붓고 나면, 즐길 시간은 없어집니다. 잠시 하던 일을 멈추고 정원을 바라보십시오. 한여름의 풍요로운 정원이 우리의 마음을 감사로 채워줄 것입니다. 우리는 감사하며 하느님께 기도를 드리지 않을 수 없을 것입니다. 기도하는 것은 공경하는 것이며, 공경하는 것은 찬미하는 것입니다. 찬미하는 것은 기쁨을 체험하는 것이며, 기쁨을 체험하는 것은 감사를 전하는 것입니다.

다른 사람들은 평안하게 해주면서

여러분에게만 괴로운 부담을 주려는 것은 아닙니다.

다만 공평하게 하려는 것뿐입니다.

고린토후서 8 : 13

제27주 떨어지는 사과꽃은 열매를 예고합니다.

7월 1일

여름이 되면 우리는 맑고 화창한 날씨를 기원하게 됩니다. 그래야
만 정원에 앉아 마음껏 즐길 수 있을 테니까요. 우리에겐 햇살 속
의 나른한 오후가 필요합니다. 우리에겐 특별한 대우와 사랑, 휴식
이 필요합니다. 자기 자신을 사랑하지 못하고 자신의 소중함을 깨
닫지 못하는 사람은 삶을 낭비하는 것입니다. 그것은 그만큼이나
중요한 일입니다.

망각할 수 있는 능력이 하느님의 축복이듯,
추억은 우리가 배운 것들을 돌이켜볼 기회이며,
그 또한 책임 있는 삶의 일부이다.

디트리히 본회퍼 _ 신학자

7월 2일

"행운을 빈다, 애야." 집을 떠날 때마다 아버지가 저희에게 인사 대신 하시던 말씀입니다. 어머니는 잠자리에 들 때 성수로 축복을 해주셨지요. 집을 떠날 때에도 똑같이 하셨는데, 돌아가시기 직전 까지도 십대 소녀가 된 우리에게 그렇게 하셔서 몹시 창피해했던 기억이 있습니다.

성당을 제외하면 우리 사회에서 축복의 행위는 거의 찾아보기 힘들지만, 부모님들은 항상 자식들을 축복하십니다. 한 손을 아이들의 머리나 어깨에 올려놓고 그들이 잘되기를 기도합니다. 우리는 그러한 훌륭한 전통을 기억하며 좀더 신중하게 축복을 해야 하겠습니다.

지혜는 하느님이 떨치시는 힘의 숨결이다.

지혜서 7 : 25

7월 3일

자신의 본모습대로 살아가고 싶다면 내면의 지혜에 충실해야 하
며, 다른 사람의 시계나 달력, 계획표가 아닌 자기 자신의 리듬에
맞추어 살아야 합니다. 우리는 이 순간의 음악에 귀를 기울이는 법
을 깨달아야 합니다. 마음속으로 조금씩 춤을 추는 법을 배우고,
조금 더 마음의 문을 여는 법도 배워야 합니다. 그렇게 우리는 하
느님의 지혜, 우주의 숨결과 호흡을 맞춥니다.

그분을 뵈었을 때 환영했으며,
그분을 이해했을 때 찬양하였습니다.

제라드 맨리 홉킨스 _ 시인

7월 4일

작은 티끌 하나조차도 하느님의 모습을 드러내는 피조물입니다.
바람과 모래, 별과 사람의 이면을 보려면 마음의 눈으로 보아야만
합니다.
세상에는 수많은 기적과 특별한 축복이 있습니다. 그것들이 우리
로 하여금 머리의 눈에서 마음의 눈으로 옮겨가게 합니다. 우리가
세상의 만물이 어디에서 온 것인지를 생각하며 바라본다면 잡초
를 보면서 앞으로 피어날 꽃을 생각하고, 매일 아침을 새로운 세상
의 개벽이라고 생각하고, 바다의 파도를 우주의 심장 박동이라고
생각한다면 우리는 하느님의 모습을 엿볼 수 있습니다.

내가 원하는 것은 내 존재에서 이탈하여
그것에서 멀리 떨어져 앉는 것.
나는 사람들의 손길이 닿는 곳에
너무 오래 머물렀네.

잘랄루딘 루미 _ 신비주의자

7월 5일

'배회sauter'라는 단어는 중세 사람들이 성지에 가기 위해 돈을 구
걸하며 돌아다니던 데서 유래했다고 합니다. 이유가 무엇이건 간
에 그들은 여기저기 방랑하면서 친구들과 함께 아무 데서나 자는
사람들입니다. 그들이 가진 것이라고는 생각하고 철학할 수 있는
시간뿐입니다. 그들은 항상 낯선 사람들을 만나 이야기하기를 즐
깁니다.
배회라는 말은 아직도 제게는 순례 여행을 연상시킵니다. 신성한
곳에 가서 그곳을 보고, 귀를 기울이고, 명상하고 싶은 사람들의
욕망이 느껴지기 때문입니다.

여러분들이 분명히 아셔야 할 것은,
내가 여러분에게 전하는 지혜는 당신들의 눈앞에 있는
이 가련한 여인에게서 나온 것이 아니라
하느님의 권능에서 나온 것이라는 사실입니다.

성녀 힐데가르트 폰 빙겐

7월 6일

예언자이자 치료사이며, 사회 개혁가이자 과학자, 작가이자 음악
가였던 성녀 힐데가르트는 12세기, 남성들이 지배하는 시대에 사
셨습니다. 성녀 힐데가르트는 자기 자신을 '불쌍하고 가련한 여자'
라고 표현하셨습니다. 그러나 사실 그녀는 대단한 통찰력과 지혜,
예지력을 지닌 여인으로 여성들의 역할 모델이 분명했습니다.
그녀에게 있어 하느님과 이 세상의 모든 피조물은 사랑을 주고받
는 존재였습니다. 성녀 힐데가르트는 그러한 상호 간의 사랑을 훌
륭한 결혼 생활에 비유하셨습니다. 우리는 매일의 일상 속에서 하
느님의 피조물들을 통해 하느님을 만납니다.

하느님의 사랑은 우리를 감싸고 포용합니다.
그 사랑은 우리를 완전히 둘러싸고
절대로 떠나지 않습니다.

노리치의 줄리언

7월 7일

친절은 사랑입니다. 그것은 모르는 이, 낯선 이에게 마음을 여는 것입니다. 때로는 우리를 두렵게 하는 것, 우리가 좋아하지 않는 것에 마음을 여는 것을 의미할 수도 있습니다. 사람들은 제각기 다르고, 그 다름은 불쾌함이나 고통을 일으킬 수도 있습니다.

처음에는 즐거운 마음으로 시작하지만, 시간이 지날수록 불안감 때문에 마음을 열고 있기가 쉽지 않지요. 그럴 때일수록 친절한 마음을 더욱 소중히 여기며 가꾸고 길러야 합니다. 그것은 그럴 만한 가치가 있는 일입니다. 모험만큼이나 친절 역시 삶에 생기를 불어넣는 것이기 때문입니다.

이날은 야훼께서 내신 날, 다 함께 기뻐하며 즐거워하자.

시편 118 : 24

제28주 여름날 저녁, 정원을 거닐다 보면 그날 하루에 대한 우리의 생각이 달라집니다.

7월 8일

축하는 파티에 가거나 파티를 여는 것을 의미하는 것이 아닙니다. 진정한 의미의 축하는 그에게 어떤 식으로 축하하는 것이 적합할지를 고민하고, 그에게 특별한 추억이 되도록 세심하게 준비하고, 그를 위해 선물을 준비함으로써 그를 축복하고 경의를 표하는 것을 의미합니다.

그 자리에서 축하를 하는 것도 재미있고 신나는 일이지만, 계획을 세워 준비하는 축하 역시 친구들에 대한 사려 깊은 마음의 표현입니다.

미스터리야말로 우리에게 일어날 수 있는
가장 아름다운 일이다.

알베르트 아인슈타인 _ 물리학자

에베레스트 산 정상에 오른 최초의 미국인 탐험대 중 한 사람이
봉우리에서 내려오던 도중 경험했던 일에 대해 쓴 글을 읽은 적이
있습니다. 경치를 둘러보기 위해 잠시 걸음을 멈추었을 때, 그는
눈 속에 핀 조그만 푸른 꽃 한 송이를 발견했습니다. 바로 그 순간
그는 자신의 인생이 바뀌었다고 했습니다.

"온 세상이 활짝 열리면서 하나로 출렁이는 것 같았고 정말 기분
이 묘했지요. 저는 비로소 완전한 평화를 느꼈습니다."

우리 모두에겐 그러한 아름다운 충격이 필요합니다. 그러한 충격
을 접하는 순간, 우리의 에너지는 재충전되고 우리의 감각은 회복
됩니다. 그런 순간을 놓치지 않는 것이야말로 항상 깨어 있는 것입
니다.

내가 있다는 놀라움, 하신 일의 놀라움,
이 모든 신비들, 그저 당신께 감사합니다.

시편 139 : 13~14

7월 10일

기도할 때 느껴지는 공허함은 슬픈 것이라기보다는 축복입니다.
하느님이 우리의 빈 곳을 사랑으로 채워주시기 때문이지요. 기도
가 간절할수록 하느님이 필요하다는 깨달음 역시 더욱 깊어집니
다. 겸허함 속에서 비로소 우리는 하느님이 그동안 베풀어주신 은
총과 축복을 깨닫게 됩니다.

모든 피조물에는 신성함이 충만하며,
모든 피조물은 하느님에 관한 책이다.

마이스터 에크하르트 _ 신비주의자

7월 11일

하느님의 은총은 특별한 선물입니다. 가장 의미 있는 은총은 예기치 못했던 순간에 만나게 되는 법이지요. 은총은 우리가 경계를 풀고 있을 때나 아무 것에도 사로잡혀 있지 않을 때 느껴지는 것입니다.

은총의 특성은 간단합니다. 항상 존재하며, 언제라도 누릴 수 있고, 항상 좋으며, 항상 기쁩니다. 그러나 항상 존재하는 것임에도 불구하고 저절로 얻어지는 것은 아닙니다. 그것은 받을 준비가 되어 있는 자들만이 받을 수 있는 선물이며, 그것을 직접 체험하지 못했을지라도 은총의 특성들과 조화를 이루며 살 때에만 얻을 수 있는 것입니다.

이 세상을 제 몸처럼 사랑하는 사람이라면
왕의 자리를 맡겨도 좋으리라.

노자 _ 철학자

7월 12일

아무리 극한 상황이라도 우리는 자신의 육신을 구하고 지키려고
애를 씁니다. 이 세상을 위해 그와 똑같은 노력을 기울인다면 세상
은 과연 얼마나 달라질까요?

저는 눈을 보호하기 위해 손을 사용합니다. 눈과 팔은 한 몸에 있
는 것이며, 서로를 필요로 합니다. 이 세상도 마찬가지입니다. 이
세상은 하나의 거미줄이며, 하나의 몸입니다. 세상이라는 거대한
거미줄, 하나의 몸은 그것을 이루는 각 부분들에 의지하고 있습니
다. 따라서 우리는 세상 전체에 대한 책임감을 가져야 하며, 그중
어느 한 부분도 위험에 처하게 해선 안 될 뿐 아니라, 보호하고 사
랑하며 살아야 하겠습니다.

꽃들에게 햇살이 필요한 것처럼
인간에게는 미소가 필요하다.

조지프 애디슨 _ 정치가

7월 13일

얼마 전에 잠비아를 방문한 적이 있는데, 거기서 인사의 중요성을
깨닫고 무척 놀랐습니다. 아침 인사는 그들에게 아주 중요한 일과
중 하나였습니다. 언제 어디서나 인사를 하지 않고 일을 시작하는
경우는 없었지요. 그들의 인사는 모든 사람에게 미소를 짓고, 기분
이 어떤지 물어주고, 서로 축복해주고, 좋은 하루를 보내기를 기원
하는 것이었습니다. 매일매일 그들은 그런 인사를 나누었습니다.
친구를 반기고, 미소를 지어주고, 좋은 하루를 빌어주는 것은 아침
의 기쁨입니다.

우리의 인생 전체에 적용될 수 있는 말은
오직 한 가지, 바로 '상호작용'이다.

공자 _ 철학자

7월 14일

서로를 축복하는 것은 서로를 자기 안에 들여놓는 것입니다. 서로를 위해 존재하고, 서로에게 용기를 주고, 서로를 이해하고, 서로의 삶과 짐을 나누고, 서로의 입장이 되어보고, 서로의 경험을 나누고, 서로의 성취에 자부심을 느끼고, 서로의 기쁨에 기뻐하는 것입니다. 축복 속에서 우리는 마치 어머니가 몸속에 아이를 가지듯 서로를 가집니다.

입으로 깨물어보는 모든 것이 놀라울 뿐입니다.

어느 맹인

제29주 여름철 늪지대에 뜻밖에 펼쳐진 색의 향연은 커다란 축복입니다.

7월 15일

얼마나 감탄할 수 있느냐가 곧 얼마나 살아 있느냐를 말해줍니다. 만약 매사에 시큰둥하다면, 세상의 모든 것을 당연하게 받아들인다면 그것은 죽은 것이나 다름없습니다.

그러나 세상의 놀라움에 눈을 뜬 사람들에게 죽음은 지나간 것일 뿐 다가올 일이 아닙니다. 우리 주변의 모든 죽어가는 것들에도 불구하고 놀라움을 느끼며 살아간다면 우리는 참삶을 살게 될 것입니다.

아무것도 기대하지 말라.
그저 단순하게 감탄하며 살라.

앨리스 워커 _ 작가

7월 16일

감탄은 감사의 출발점입니다. 감탄은 마음의 눈을 열어줍니다. 우리가 누리는 모든 것이 놀라운 축복임을 깨닫게 되기 때문이지요. 그러면 아무것도 당연하게 받아들이지 않게 되고, 작은 것에도 감사하는 마음이 생겨납니다.

작은 돌을 연못에 던졌을 때처럼 처음 시작은 작은 감탄이나 마음을 조금 여는 것이 될 수도 있습니다. 그러나 그 작은 돌이 일으킨 물결이 점점 퍼져가면서 우리에게 주어진 것들과 우리에게 그러한 은혜를 베푸시는 분, 그 은혜의 나눔에 대한 인식은 점점 더 선명해질 것입니다.

사랑이 넘치더라도
일어나 그것을 바라볼 시간조차 없다면
그것이 무슨 인생이란 말인가.

위스턴 휴 데이비스 _ 시인

7월 17일

매일 우리는 수많은 일에 참여해달라는 부탁을 받습니다. 그러나 모든 부탁을 받아들였다가는 자칫 모든 일을 건성으로 하게 될 위험이 있습니다.

어떤 일에 참여함으로써 삶이 보다 충만해지기를 기대한다면 보다 신중하게 결정을 해야 할 것입니다. 인간이 갖고 있는 저마다 다른 재능은 시간을 들이고, 계발하고, 돌보아주었을 때 더욱 빛을 발합니다. 그것이 우리가 어떤 일에 참여해야 할지를 신중히 선택해야 하는 이유입니다.

감사하는 마음을 가지는 것은
우리의 인생이야말로 고맙다는 인사를 해야 할
큰 선물임을 깨닫는 것을 의미한다.

헨리 나우웬 _ 사제

7월 18일

우리가 다른 이에게 줄 수 있는 가장 큰 선물은 감사하는 마음입
니다. 감사의 마음을 전했을 때, 우리가 무엇을 받았건 간에 받은
것보다 더 큰 선물을 주는 셈이지요. 선물을 줄 때는 남은 것을 주
는 경우가 많지만, 감사의 인사를 할 때는 우리 자신을 주는 것이
니까요.
물론 선물을 받은 사람은 선물을 준 사람을 기억하겠지만, 선물을
준 사람이 감사의 인사를 받기 전까지는 결코 그 관계가 완성된
것이라고 말할 수 없습니다.

나는 하느님의 숨결에 날리는 깃털입니다.

성녀 힐데가르트 폰 빙겐

7월 19일

무방비 상태로 마음을 열고 모든 긴장을 풀었을 때, 비로소 살아
있음을 느끼게 됩니다. 그런 순간은 매우 드물지만, 더 자주 그런
순간을 만들고 싶다면 먼저 긴장을 푸는 법을 배워야 합니다.

사람들은 고통이나 결핍 속에서 기도를 한다.
기쁨이 충만할 때, 혹은 모든 것이 풍요로울 때도
기도를 하면 좋으련만.

칼릴 지브란 _ 시인

7월 20일

집 없고 가난한 이들, 절망과 소외를 경험했던 이들과 함께 기도를
올리다 보면 그들 역시 자신들의 삶에서 은총과 감사의 순간을 꼽
을 수 있다는 사실에 놀라곤 합니다.
그들은 삶을 계산하지 않으며, 비용과 이익을 분석하지 않습니다.
그들은 단지 자신들이 갖고 있는 모든 것의 고마움을 깨닫고 감사
할 줄 압니다.

삶이란 지금 이 순간 내가 들고 있는
횃불과도 같은 것이다.
나는 다음 세대에 횃불을 넘겨주기 전에
그 횃불이 최대한으로 환하게 타오르기를 바란다.

조지 버나드 쇼 _ 작가

7월 21일

타인에 대한 연민은 그 자체로 끝나는 것이 아니라 화합으로 향하는 여정의 한 부분입니다. 연민은 더 귀 기울이고, 덜 비판하고, 자신을 덜 내세우고, 우리가 만나는 모든 사람들의 본질을 인식하기 시작하는 것입니다.

연민은 서서히 봉사로 발전합니다. 그것은 함께하는 사람들에 대한 봉사이기도 하지만, 하느님에 대한 봉사이기도 합니다. 그러한 봉사는 경의와 숭배, 감사의 행위입니다.

세상 만물을 통해 하느님을 이해한다.

칼릴 지브란 _ 시인

제30주 담쟁이 덩굴의 맹렬함과 야생화의 무성함은 우리의 가슴을 뭉클하게 합니다.

7월 22일

우리의 고통이나 상실감은 그 과정에서 다른 사람의 고통이나 상실감을 깨달을 수 있다면 오히려 은총의 기회가 됩니다. 또한 우리가 스스로 포기하는 순간에도 하느님은 우리를 저버리지 않으신다는 사실을 깨닫는 순간, 우리의 마음은 더욱 은총으로 충만해집니다.

우리는 살아야 한다.
이 지상에 사랑의 왕국을 창조하기 위하여.

레프 톨스토이 _ 소설가

7월 23일

우리는 '풍요 속의 빈곤'으로 일컬어지는 시대에 살고 있습니다.
풍요로운 것도 사실이며, 빈곤한 것도 사실이지요. 그러나 우리가
갖고 있는 것을 다른 사람과 나누지 않음으로 인해 빈곤한 것은
아닐까요.
우리의 재능은 우리의 소유물이 아닙니다. 그것은 다른 사람들과
나누라는 뜻으로 우리에게 주어진 것입니다. 나눔 속에서 우리는
축복을 받습니다. 주는 행위는 저절로 사랑이 피어오르게 하며, 그
사랑은 다시 저절로 우리에게 돌아옵니다.

오, 보이지 않는 세상이여,
우리는 너를 본다.
오, 만질 수 없는 세상이여,
우리는 너를 만진다.
오, 알 수 없는 세상이여,
우리는 너를 안다

프랜시스 톰프슨 _ 저술가

7월 24일

부정적인 행동이 위력적인 것처럼 긍정적인 행동 역시 마찬가지
입니다. 우리가 삶을 사랑하고 사람들을 사랑하기로 선택한다면
우리는 긍정적인 태도가 긍정적인 반응들을 이끌어낸다는 것을
깨닫게 될 것입니다. 미소는 미소를 부릅니다. 존경은 존경을 낳습
니다. 감사는 감사를 만듭니다. 평온하고 침착한 태도는 삶의 긴장
과 스트레스를 완화시켜줍니다.

경험의 샘물을 마시기를 게을리 하는 자,
무지의 사막에서 목말라 죽기 쉽네.

이백 _ 시인

7월 25일

연민은 마음을 열고 사는 것을 의미합니다. 연민의 행위—병든 이들을 돌보는 행위, 절망이나 외로움, 빈곤, 소외감과 싸우는 사람들을 돕는 행위—는 훌륭하고 영적인 행위입니다.

연민에서 우러난 행동들이 일종의 정신적인 수행인 것은 사실이지만, 그렇다고 해서 결코 훈련이나 경험, 직업의식, 특별한 재능이나 기술, 유머 감각 같은 것들의 중요성을 폄하해서는 안 되겠지요. 우리의 특별한 재능이나 자질은, 우리 자신이 누구인지에 대한 보다 강하고 고매한 의식이 뒷받침되었을 때 비로소 발현되는 것이기 때문입니다.

우리의 한계를 깨닫는 것은 매우 중요합니다.
그것 역시도 하나의 수련이기 때문입니다.

틱낫한 _ 승려

7월 26일

헨리 데이비드 소로라는 작가를 처음 알게 된 것은, 한 노인이 전해준 낡고 작은 한 권의 책을 통해서였습니다. 그는 아일랜드 서부 출신이었는데, 제가 1965년 보스턴을 처음으로 방문했을 때 만났지요. 그는 '자유로운 정신'을 믿는 사람이었습니다. 그는 사람들이 자신의 신념을 버리지 않는다면 그들의 정신은 자유를 누릴 것이며, 어디에서나, 심지어는 수도원에서조차도 행복하고 만족스러운 삶을 살 수 있을 것이라며 말했습니다.
"이 책을 읽고 또 읽으세요. 이 책이 영혼을 맑고 자유롭게 지켜줄 겁니다."
그것은 제 인생에서 가장 훌륭한 충고였습니다.

세상은 모든 사람들을 다치게 하지만,
한번 부러진 곳은 더욱 강해지게 마련이다.

어니스트 헤밍웨이 _ 소설가

7월 27일

제가 아는 한 여자 분이 암이라는 진단을 받았습니다. 처음에 그녀
와 그녀의 가족들은 몹시 좌절했지만, 그녀는 이내 놀라운 생명력
으로 일어섰습니다. 자신에게 살날이 얼마 남지 않았다는 사실을
깨달은 그녀는 남은 날들을 최대한 의미 있게 살기로 결심했습니
다. 그녀는 자신이 아무것에도 감탄하지 않는 사람이었지만, 이제
감탄의 감각을 회복하여 일상생활에서 일어나는 모든 기적들을
사랑하게 되었다고 말했습니다.
세상을 떠나기 전 마지막 사흘 동안 그녀는 정말 행복해 보였습니
다. 그녀는 어디에서나 기적을 보았으며, 항상 기쁨이 충만해 있었
습니다.

잃은 것과 얻은 것, 기쁨과 고통에
동요하지 않는 법을 배운 자여,
그대의 삶은 헛되지 않도다.

안겔루스 질레지우스 _ 시인

7월 28일

연민을 갖고 사랑을 베풀기란 쉽지 않습니다. 다른 사람의 고통과
상처를 느끼는 것 역시 마찬가지입니다. 때로는 연민을 갖는 것이
그저 함께 있어주는 것, 참을성 있게 기다려주는 것, 그들의 무력
감에 공감해주는 것을 의미할 수도 있겠지요.
반면 무언가 적극적인 행동을 통해 돕는 것을 의미할 때도 있습니
다. 때로는 곤경에 처한 사람에게 우리 자신의 한계와 나약함을 보
여주고 그들이 주는 것을 받는 것을 의미할 수도 있습니다.

육신은 영혼의 첫 번째 제자이다.

헨리 데이비드 소로 _ 시인·사상가

제31주 마른 땅이 물을 갈구하듯, 무엇으로도 채워지지 않는 우리 영혼은 생명의 샘을 갈구합니다.

7월 29일

어느 여자 분이 저를 찾아와서 도움이 필요한 사람들을 위해 봉사를 하고 싶지만, 죽어가는 사람들을 돌보는 일은 하지 않겠다고 말했습니다. 마음이 너무 약해서 도저히 그런 끔찍한 일은 할 수 없다는 거였지요. 저는 그녀가 두려워하는 것은 다른 사람들의 죽음이 아닌 자기 자신의 죽음이라는 사실을 알 수 있었습니다.

머지않아 그녀는 자신의 두려움을 극복했고, 이제는 죽어가는 사람들을 위해 호스피스 병동에서 열심히 일을 하고 있습니다. 그 일은 다른 사람에게 봉사하기 위해서는 먼저 자기 자신의 불안과 두려움에 직면해야 한다는 사실을 저에게 일깨워주었습니다.

진정한 선은 항상 단순하다.
단순함은 너무도 매혹적이며 유익한 덕목인데,
단순한 사람이 많지 않다는 것은
정말 알 수 없는 일이다.

레프 톨스토이 _ 소설가

7월 30일

때로는 그저 느끼는 그대로 행동하는 것이 남을 돕는 것일 수도 있습니다. 열린 마음으로 본능적인 반응을 하는 것이 남을 돕는 것일 수도 있습니다.

사실 남을 돕는 것은 일종의 반사작용입니다. 미끄러지는 사람에게 저도 모르게 손을 뻗는 것, 도랑에 빠진 차를 보았을 때 밀어주는 것, 이는 모두 우리 영혼 속에 자리 잡고 있는 선한 본능이 작용하는 결과입니다.

항상 그렇다고 말할 수는 없겠지만, 어떤 상황에 대해 자연스럽게 대처하는 것은 참으로 좋은 일입니다.

하느님은 우리에게 사랑과 생명을 불어넣으셨다.
우리는 사랑의 노래를 연주하기 위해 만들어진
플루트처럼 유용한 존재가 되기만 하면 된다.

라빈드라나트 타고르 _ 시인

7월 31일

다른 사람을 돕는 것이 의무가 아니라 언제나 자연스럽게 일어나는 일이라면 세상은 정말 멋지지 않을까요? 봉사가 의무가 아닌 삶의 방식이며, 자연스러운 사랑과 연민의 표현이라면 말입니다. 그런 사회를 만드는 것은 절대 불가능한 일이 아닙니다. 우리가 할 일은 그저 그렇게 되기를 진심으로 바라는 것뿐입니다.

무언가를 축복하는 것은
자신의 일부를 내주는 것입니다.
그것은 축복의 대상을 성스럽게 하는 것이며,
당신의 존재로 인해 다른 사람,
혹은 다른 사물을 변화시키는 것입니다.

마크리나 위더커 _ 수녀

8월 1일

저는 일요일마다 호스피스 병동에 갑니다. 그곳에 있는 나이 든 환자들은 항상 제게 힘과 용기를 주지요. 그래서 오히려 제가 축복을 받는 것 같은 느낌이 들곤 합니다. 나이 든 환자들은 기꺼이 마음을 열고 다른 사람을 축복할 준비가 되어 있기 때문이라는 생각이 듭니다.
그곳을 떠날 때면 새롭게 얻은 용기와 한 뼘 더 자란 희망을 느낍니다. 저는 제가 하고 있는 일, 그리고 하고자 하는 일이 결실을 맺을 것을 믿습니다. 제가 축복을 받았다고 생각하는 것은 바로 그 때문입니다.

우리는 그분 안에서 숨 쉬고 움직이며 살아갑니다.

사도행전 17 : 28

8월 2일

함께 일하던 사람 중에 전화를 끊을 때마다 "안녕!"이라는 말 대신에 습관적으로 "하느님의 축복이 있기를!"이라고 말하는 사람이 있습니다. 그녀에게 왜 그렇게 하냐고 물었지요. 그녀는 잠시 생각해보더니 제가 그렇게 하는 것을 보고 자기도 배웠다고 대답하더군요.

저는 제가 그렇게 하는 데에는 이유가 있다고 말했습니다. 그것은 어릴 때부터 몸에 밴 습관이며, 내가 그 말을 할 때에는 상대방을 진심으로 축복하는 것이라고 설명해주었지요. 그녀는 제 설명을 듣고 무척 놀라는 듯했습니다. 하지만 그녀는 그 뒤로도 계속 그말을 사용했습니다.

마치 꿈을 꾸듯이 나는 내가 결코 이해할 수 없으리라고
생각했던 사람과 다정한 대화를 나누었다.

"인간은 함께 일합니다."
나는 진심으로 그에게 말했다.
"함께 있건 떨어져 있건 인간은 함께 일합니다."

로버트 프로스트 _ 시인

8월 3일

로버트 프로스트는 이른 아침 건초를 뒤집으러 나가는 농부에 관한 이야기를 들려줍니다. 농부는 남보다 일찍 일어나 이미 풀을 베었기 때문에, 건초를 뒤집으면서 외로움을 느끼고 있었습니다. 그때 나비 한 마리가, 너무 아름다워서 베지 않고 남겨두었던 풀꽃 주위를 맴돌며 시선을 끌었습니다.

꽃의 아름다움에 대한 나비와 농부의 공감이 그에게 큰 감동을 전해주었습니다. 그리고 농부는 비로소 모든 일이 서로 연결되어 있음을 깨닫습니다.

모든 사물의 가장 깊숙한 곳에
가장 귀중한 새로움이 존재한다.

제라드 맨리 홉킨스 _ 시인

8월 4일

누구나 때로는 커다란 기쁨을 누리곤 합니다. 그 기쁨에 마음이 환
해지고 뿌듯해진 나머지 그 순간이 영원히 계속되기를 바라지요.
그러한 순간은 어디선가 갑자기 나타나는 것이 아닙니다. 일상에
서 우리의 행동, 선택, 결단, 명상, 침묵, 계획, 기도 속에서 그러한
놀라운 기쁨과 만나게 되는 것입니다. 바로 우리 자신이 그러한 순
간을 만드는 것입니다.

살기 좋은 곳으로 만들어볼 생각으로
이곳에 왔으나,
정말 살고자 한다면 그 살 곳이
좋아도 그만이고 나빠도 그만이다.

헨리 데이비드 소로 _ 시인·사상가

제32주 대지는 메마른 황야가 되지 않기 위해 항상 조용히 스스로를 새롭게 합니다.

8월 5일

릴케의 시 중에 「서두르는 삶Hurrying life」이라는 시가 있습니다. 그는 우리에게 삶을 보다 깊이 인식할 것을 권하면서 '우리 뒤에 무엇이 있는지'를 돌아보라고 합니다.
자기 자신이 누구인지 생각해볼 시간을 갖지 않으면 우리는 무서운 속도에 굴복하면서 항상 무언가에 쫓기는, 그저 서두르는 사람이 되어버리고 맙니다.

자유롭고 싶거든 세태에 순응하지 말라.

오스카 와일드 _ 소설가

8월 6일

때로는 자기만의 아름다움을 발견할 필요가 있습니다. 우리는 다른 사람이 우리에게 부여한 이미지, 즉 어떤 모습이어야 하는지, 어떤 기분이어야 하는지, 어떻게 옷을 입고, 어떻게 걷고, 어떻게 말해야 하는지에 부응하기 위해 우리 자신의 아름다움을 팽개쳐 버립니다.

자기만의 독특한 아름다움을 가꾸고 싶다면 건강한 음식과 음료로 우리 몸에 영양을 공급하고, 좋은 책과 예술, 좋은 친구를 통해 머리를 채우고, 침묵, 고요함, 기도를 통해 영혼을 가꾸어야 합니다. 그래야만 불안, 분노, 부정적인 생각들을 떨쳐버리고 평화와 기쁨, 긍정적 에너지를 채울 수가 있습니다.

내 눈의 눈이 열렸다.

에드워드 커밍스 _ 시인

8월 7일

플라톤에게 있어 철학은 지혜에 대한 사랑이었습니다. 감탄할 수 있는 능력이야말로 철학의 시작입니다.

지혜는 그것이 단순한 영리함이나 학문적 성취를 능가하는 것임을 깨닫고 감탄하는 데서 출발하기 때문입니다. 영리함은 예상하지 못했던 일에 대해서 감탄하지 않지만, 지혜는 예상했던 일에 대해서도 감탄합니다.

발산되지 않고 안으로만 뻗어가는 재능은
무거운 짐이며, 때로는 독이 되기도 한다.
그것은 마치 흐르는 물줄기를 둑에 가둔 것과 같다.

메이 사턴 _ 작가

8월 8일

하느님이 부여하신 재능을 통해서 우리 인간은 이 세상의 공동 창
조자가 될 수 있습니다. 우리 스스로가 자신의 재능을 돕고 하느님
을 돕지 않으면 결코 재능을 실현할 수 없습니다.

우리는 세심한 배려와 사랑, 헌신은 물론, 상상력과 창의성, 열의,
부단한 노력을 통해 타고난 재능을 가꾸고 그것을 즐기고 감사해
야 하며, 그것이 우리 자신만을 위한 것이 아니라 세상의 모든 피
조물을 위한 것임을 명심해야 하겠습니다.

우리에겐 물감과 붓이 있다.
우리는 천국을 그린 다음 그 안으로 들어간다.

니코스 카잔차키스 _ 작가

8월 9일

혼자 힘으로 생활하는 것이 불가능한 노인들을 위한 프로그램를
추진하고 있을 때, 한 젊은이가 저를 찾아왔습니다. 그 청년은 노
인들을 위한 프로그램에 참여하기를 간절히 바라고 있었는데, 아
주 친하게 지냈던 할머니가 그 전달에 갑작스럽게 돌아가신 것이
계기였습니다. 그의 열정에 감동을 받은 저는 그의 아이디어가 제
대로 실현되지 못할지라도 그를 프로그램에 참여시켜야겠다고 생
각했습니다.

때로 우리는 우리의 열정이 두렵습니다. 그 열정이 우리를 어디로
이끌지 알 수 없기 때문입니다. 그러나 열정은 우리에게 직감을 믿
어야 함을 가르쳐줍니다.

선한 인간의 삶에서 가장 훌륭한 것들은
보잘것없고, 이름을 내세우지 않으며, 기억하지 않는
사랑과 친절의 행동들이다.

윌리엄 워즈워스 _ 시인

8월 10일

몇 년 전 세미나를 주최하기 위해 런던에 갔었습니다. 저는 세미나
가 열리기 하루 전에 도착해 공항에서 택시를 타고 극장으로 향했
지요. 극장에 도착해서야 짐이 든 가방을 택시 안에 두고 내렸음을
알게 되었습니다.

공연 휴식 시간에 방송에서 제 이름을 불렀습니다. 안내 데스크로
가보니 택시 운전사가 제 가방을 그곳에 놓고 갔더군요. 여권을 보
고 제 이름을 알아내서 다시 극장으로 돌아온 것이었습니다. 그는
연락처조차 남기지 않았습니다.

그의 친절이 제 여행 전체를 바꾸어놓았습니다. 지금도 저는 다른
사람들의 선함에 의심이 들기 시작하면 그 택시 운전사를 떠올리
곤 합니다.

내 밭의 콩들을 적시는 가느다란 빗줄기 때문에
집 안에 있어야 하지만, 나는 조금도
지루하거나 우울하지 않고 오히려 기분이 좋다.
덕분에 오늘은 괭이질을 할 수 없지만,
이 비는 나의 괭이질보다 훨씬 더 값진 것이다.
비록 이 비가 그치지 않아
땅속의 씨앗과 저지대 밭의 감자가 다 썩어버리더라도
고지대의 초원에는 잘된 일이리라.
풀들에게 좋은 일이면 나에게도 좋은 일이다.

요한복음 15 : 12

8월 11일

한여름의 소나기 때문에 계획이 어그러지면 우리는 몹시 화가 나
곤 합니다. 우리의 삶이 우리 마음대로 되지 않을 때도 마찬가지이
지요. 그러나 자연에는 불화가 없습니다. 자연은 그저 자연으로 존
재할 뿐입니다. 자연을 존중할 때, 우리는 지혜를 배웁니다. 자연
은 인생의 궂은날에도 나름대로의 의미가 있으며, 그 속에 새로운
가능성이 숨겨져 있음을 가르쳐줍니다.

우리 마음속에는 예의라는 것이 있는데,
그것은 사랑과 비슷한 것으로
우리의 가장 고결한 행동이 그것에서 비롯된다.

요한 볼프강 폰 괴테 _ 작가

제33주 정신적으로 성장한다는 것은 한 인간으로서 보다 온전해지고 충만해지는 것을 의미합니다. 그것은 나뭇가지 더미가 아니라 한 그루의 나무가 되는 것과 같습니다.

8월 12일

어느 선생님이 자기가 생각하고 있는 천국과 지옥의 모습을 학생들에게 설명해주었습니다. 그녀의 말에 의하면 지옥에는 커다란 둥근 테이블에 여섯 명이 앉아 있습니다. 그들 앞에는 음식과 숟가락이 놓여 있는데, 숟가락이 팔 길이보다 길기 때문에 모두가 굶주리고 있습니다. 그들은 결코 음식을 입에 넣을 수가 없습니다.

반면 천국도 상황은 같습니다. 하지만 사람들은 미소를 지으며 즐겁게 식사를 하고 있습니다. 그들은 긴 숟가락으로 서로에게 음식을 떠먹여주고 있습니다.

혼자 그렇게 애써봐야 무슨 소용이 있겠냐고
사람들은 말합니다.
하지만 제가 어렸을 때, 저에게는 저를 사랑해줄
꼭 한 사람이 필요했지요.
그래서 한 사람이 중요한 것입니다.

크리스티나 노블 _ 운동가

8월 13일

지독하게 가난한 가정에서 태어난 크리스티나 노블은 가족과 이웃으로부터 학대의 고통을 겪으며 자랐습니다. 그렇지만 그녀는 남다른 식견과 용기를 지닌 여인으로 성장하여 베트남의 부랑아를 위한 봉사 활동에 열정을 쏟고 있습니다.

끔찍했던 어린 시절에도 불구하고 그녀는 계속 앞으로 전진했고, 갖가지 위험과 공포에 노출된 아이들을 위해 많은 일을 했습니다. 사랑받고 싶어 하는 이들에게 사랑을 베푸는 일이야말로 세상에서 가장 소중한 것이라는 신념을 갖고 있었기 때문입니다.

내가 너를 지명하여 불렀으니, 너는 내 사람이다.

이사야서 43 : 1

8월 14일

예수님이 말씀하신 포도밭 주인의 일화를 알고 계실 겁니다. 포도밭 주인은 일한 시간이 다른 사람들에게 똑같은 임금을 주었습니다. 하루 종일 포도밭에서 일을 했던 사람들은 저녁 무렵부터 일을 시작한 사람들과 같은 임금을 받게 된 것에 대해 몹시 분개했습니다. 하지만 포도밭 주인은 그들과 제각기 다른 계약을 했으며, 나중에 온 사람들에게 보다 후하게 임금을 쳐준 것에 대해서 일찍 온 사람들이 분개할 이유가 없다고 말했습니다. 이 일화의 교훈은, 처음은 끝이 되고 끝은 처음이 된다는 것입니다.

물론 우리의 마음은 하루 종일 일을 하고도 돈을 조금도 더 받지 못한 사람들 쪽으로 기우는 것이 사실입니다. 하지만 그것은 오직 우리 인간들의 논리일 뿐입니다.

시간은 변하지 않는다. 단지 사람들이 변할 뿐이다.

고대 격언

8월 15일

1998년 8월 15일, 북아일랜드 카운티 티론의 오마라는 마을에서 폭탄 테러로 서른 명이 목숨을 잃었습니다. 그로부터 꼭 일주일 뒤, 사고가 난 바로 그 시각에 아일랜드 국민은 하던 일을 멈추고 오마의 테러 사건 희생자들을 위해 묵념을 했습니다.

그날 저는 아칠 섬의 작은 성당에 있었는데, 사람들과 함께 묵념을 하는 동안 오마 테러 사건이 단순히 극악무도한 소수집단에 의해 일어난 사고가 아니라 우리 자신의 악함, 우리 자신과 타인 사이에 존재하는 용서하지 못하는 마음과 평화의 부재에서 비롯된 것이라는 생각이 들었습니다. 우리의 묵념에 어떤 의미가 담겨 있다면 그것은 세상을 향해 돌아서서 평화와 정의를 실현시키겠다는 우리의 새로운 다짐일 것입니다.

사람들이 무엇을 보고 웃는지를 보면
그가 어떤 사람인지를 똑똑히 알 수 있다.

요한 볼프강 폰 괴테 _ 작가

8월 16일

제가 몹시 우울하다고 했더니 심리학자인 친구가 만화책을 주더
군요. 글자는 한 줄도 없고 그림만 있는 만화였는데, 그 책을 읽으
면서 저는 웃고 또 웃었습니다. 너무나 우스꽝스럽고도 활기가 넘
치는 그림들이었습니다. 그 책은 제게 큰 도움이 되었습니다.

마크 트웨인은 언젠가 이런 말을 했습니다. 너무 오래 머물며 도무
지 일어설 생각을 하지 않는 사람들을 창밖으로 내던져버릴 수는
없으니, 한 번에 한 발자국씩 문 쪽으로 유인해야 한다고 말입니
다. 우리의 고통도 마찬가지입니다. 문 쪽으로 한 번에 한 발자국
씩 유인해보는 겁니다.

창의성이란, 인간이 자기 자신을 잊고
자신에서 벗어나 일에 몰입하는 정신적 행위이다.

니콜라이 벨랴예프 _ 종교사상가

8월 17일

창의성은 힘의 표출입니다. 그 발산을 억누르면 힘은 다른 곳으로
표출됩니다. 창의성의 원천이라고 할 수 있는 집이나 고향을 등진
사람들이 자신들의 힘을 표출하기 위해 폭력에 굴복하는 것은 놀
라운 일이 아닙니다.

우리 마음속의 창의적 정신이 해방되고 발산될 때, 우리 삶은 편
안하고 기쁨이 넘칩니다. 감옥에 꽉 찬 죄수들이나 실업자들, 너무
일찍 학교를 떠나 파탄의 길로 들어선 아이들이 가진 문제의 원인
은 아마도 창의성에 있는 것이 아닐까 싶습니다.

창의성이 없으면 희망은 없다.

칼 로저스 _ 심리학자

8월 18일

빈곤과 실업, 착취와 약탈, 무력감이 있는 곳에는 빛이 사라지고, 어둠의 징후인 마약, 범죄, 폭력, 알코올만이 남겨집니다. 전쟁과 무기 구매에는 수십억 달러의 돈을 지출하면서, 빈곤과 착취 문제의 해결을 위해서는 아주 적은 액수만을 지출하는 국가에서 빛은 존재하지 않습니다.

우리가 모든 것을 바꿀 수는 없지만, 창의성을 발휘할 수는 있습니다. 새로운 시각으로 바라본다면 우리 자신의 힘으로 변화를 일으킬 길이 보일 것입니다. 우리의 빛이 그다지 강하지 않을지도 모릅니다. 그러나 우리의 창의성이 조금만 반짝여준다면 모든 것이 달라질 수도 있습니다.

우리 삶에 아름다움이 부족하다면
아마 우리 영혼도 그와 똑같은 결핍을
느끼고 있을 것이다.

토머스 모어 _ 신학자

제34주 벌들은, 태양이 구름에 가려 있을 때조차도 햇빛으로 방향을 감지합니다.

8월 19일

어느 날 아침 미사에 가는 도중, 갑자기 하늘이 파랗게 개기 시작했습니다. 그로부터 30분쯤 뒤, 성당을 나설 때의 하늘은 전혀 다른 모습이었습니다. 분홍빛과 붉은빛, 푸른빛과 초록빛이 다채로운 음영을 이루며 섞여 있었지요.

그날 아침, 저는 처음으로 하늘의 무늬를 보았습니다. 마치 세상을 처음 보는 것 같은 기분이 들었습니다. 세상의 모든 나무, 모든 잎새들이 제게 말을 거는 듯했습니다. 바람과 빛, 모든 사물들, 심지어는 제 육신까지도 처음으로 자신의 존재를 드러내는 것 같았습니다. 새로운 세상으로의 문이 열린 것이었지요. 저는 그날 하느님의 힘을 엿보았습니다.

복수를 꿈꾸는 자는 그 상처가 아물지 않는다.

프랜시스 베이컨 _ 철학자

8월 20일

인간으로서 우리의 자유는 용서에 바탕을 두고 있습니다. 용서는 우리가 스스로를 가둔 감옥에서 우리를 해방시킬 뿐 아니라, 우리를 억압하고 상처를 주고 마음 아프게 한 것들로부터 자유롭게 합니다. 사실 우리는 상처를 받기도 하고 주기도 합니다. 억압을 받기도 하고 억압을 하기도 합니다. 용서를 통해서 우리는 그러한 이치를 터득합니다.

타인을 용서하기 위해서는 실망과 좌절로 닫혔던 마음을 다시 열어야만 합니다. 용서의 경험은 우리 자신의 나약함을 이해하고 우리 자신의 좌절을 인정하도록 이끕니다. 그렇게 우리는 세상의 일원으로서 저마다의 임무를 평화롭게 수행할 수 있는 것입니다.

모든 꽃들은 그 자신의 내면으로부터
스스로를 축복하며 피어난다.

골웨이 킨넬 _ 시인

8월 21일

그 어느 때보다도 분주하고 긴장의 연속인 현대사회 속에 살고 있
는 우리에겐 자신을 돌볼 시간과 공간이 필요합니다. 자기 자신과
좋은 관계를 유지해야만 다른 사람과도 좋은 관계를 유지할 수 있
습니다. 창조주이신 하느님, 그리고 하느님의 피조물들과 올바른
관계를 맺음으로써 우리 자신의 아름다움과 소중함을 새롭게 깨
닫게 됩니다.

〈나비 부인〉은 하느님의 생각을 받아 적은 것입니다.
나는 그저 하느님의 도구로서
그분의 생각을 종이에 옮기고
대중들에게 그것을 전했을 뿐입니다.

자코모 푸치니 _ 음악가

8월 22일

우리 자신이 곧 우주이며, 우리 자신이 곧 피조물입니다. 우리가
서 있는 이 땅이 바로 성스러운 땅이며, 우리는 이 땅과 이어져 있
고, 이 땅의 일부입니다.

이 사실을 깨닫기 위해서 필요한 것은 오직 깨어 있는 것뿐입니다.
세상의 모든 피조물과 하나로 이어져 있음을 깨닫는 순간, 우리는
모든 피조물의 창조자와 우리가 하나로 연결되어 있음을 깨닫게
됩니다.

용서는 어린아이의 꿈에 대한 응답이며,
산산이 부서졌던 것을 다시 붙게 하고,
더러워진 것을 깨끗하게 만드는 기적이다.
그러나 두 사람 사이에 해결되지 않은 앙금이
남아 있을 때, 그 기적은 절대로 일어나지 않는다.

다그 함마르셸드 _ 정치가

8월 23일

용서하는 것과 용서받는 것은 사뭇 다릅니다. 다른 사람에게 용서
를 받았다면 우리는 새로운 마음가짐으로 마음을 열고, 지나간 말
다툼이나 불쾌한 대화의 앙금을 잊어야만 합니다.

업무에 파묻혀
원하지 않는 방향으로 끌려다니기보다는
가끔씩 자신의 일에서 벗어나는 편이
훨씬 더 지혜롭다네.
그러지 않으면 결국 어떻게 되는지 아는가?
마음이 돌처럼 굳어진다네.
그게 무슨 뜻이냐고는 묻지 말게.
만약 내 말을 듣고도 깨닫지 못했다면
자네의 마음은 이미 굳어진 것일세.

성 베르나르두스 드 클레르보

8월 24일

때로는 눈앞에 닥친 다급한 일들 때문에 정말 중요한 것이 무엇인지를 잊곤 합니다. 클레르보 대성당의 수사 유진 3세가 대수도원장이 되었을 때, 전 대수도원장이었던 성 베르나르두스는 사랑과 염려가 담긴 긴 편지를 그에게 전해주었습니다.
그 편지를 처음 읽었을 때, 저는 꼭 그분이 제게 개인적으로 쓴 편지 같다는 생각이 들었습니다. 일상의 속도를 줄여야 할 때나 잠시 멈추어야 할 때마다 그 글을 읽어보곤 합니다.

나는 분명히 말한다. 많은 예언자들과 의인들이
너희가 지금 보는 것을 보려고 했으나 보지 못하였고
너희가 지금 듣는 것을 들으려고 했으나 듣지 못하였다.

마태오복음 13 : 17

8월 25일

아무 생각 없이 다른 사람의 기대를 충족시키는 습관에 빠져들기
는 너무도 쉽습니다. 지치고 피로하고 탈진했을 때조차도 계속 다
른 사람의 기대에 부응하려 한다면 속으로는 분노와 혐오감이 쌓
이게 됩니다. 우리가 태도를 바꾸었을 때 혹 실패자로 인식될지도
모른다는 두려움 때문입니다.

실패했을 경우에 그 책임은 고스란히 우리 자신의 것이 됩니다. 그
러나 우리에게는 그 실패를 책임질 권리와 의무가 있으며, 어떤 사
람이 되어야 하는지 결정할 권한이 있습니다. 그래야만 저마다의
불빛을 따라, 저마다의 속도로, 저마다의 개성대로 살아갈 수 있습
니다.

무시당하는 것보다 더 고통스러운 것은 없다.

아논

제35주 대지는 그 자체의 목소리가 있습니다. 새들은 그 소리를 듣고 먼 곳에서도 제 집을 찾아갑니다.

8월 26일

원한을 키우다 보면 온 시간을 다 바쳐 그것에 몰두하게 됩니다. 말로 표현되지 않은 분노는 우리를 자유롭지 못하게 하고, 다른 사람에게 구속되게 만듭니다. 해소되지 않은 분노는 조용한 고통으로 우리를 옭아맵니다.

일생 동안 우리가 만난 사람들 중에서 우리에게 무시당해도 좋을 만큼 나쁜 짓을 한 사람이 있을까요? 그러나 마음의 상처를 입거나 화가 났을 때 우리가 사용하는 무기가 그것이지요. 우리의 상처와 분노를 보다 솔직하게 표현할 수 있다면 비로소 진정한 자유와 기쁨을 누릴 수 있을 것이며, 보다 정직하고 분명하며 솔직 담백한 사람이 될 수 있을 것입니다. 바로 그것이 용서의 시작입니다.

그러나 화가는 고집을 꺾지 않았다.
그에게는 창작 의지가 있었기 때문이다.
그것은 변환하고, 변형하고, 뒤바꿀 수 있는
신비한 힘으로 궁극에 이르러서는
다른 사람에게로 전이되는 것이다.

아나이스 닌 _ 작가

8월 27일

사람들이 제게 어떻게 그렇게 늘 한결같을 수 있으며, 소외된 사람들을 위한 봉사 활동을 계속할 수 있느냐고 물을 때마다 조금 당혹스럽습니다. 이는 마치 부모에게 어떻게 아이들과 함께 사냐고 묻는 것과 같기 때문입니다. 누군가를 진심으로 사랑하면 그들의 숨겨진 가치와 소중함을 깨닫게 되게 마련이지요.

저는 우리 자신의 지혜로움을 깨닫는 순간, 하느님의 사랑이라는 신비를 경험하게 된다는 것을 믿습니다. 우리로 하여금 계속 앞으로 나아가게 만드는 것은 우주의 중심에 자리 잡고 있는 사랑입니다.

질서에서 오는 아름다움은 유난히 돋보인다.

윌리엄 킹 _ 정치가

8월 28일

얼마 전에 네 살 난 남자 아이를 데리고 있는 젊은 여자 뒤에 줄을
선 적이 있습니다. 그 아이는 이리저리 돌아다니며 사람들과 주위
의 모든 사물을 다양한 각도로 바라보면서 혼자 놀고 있었습니다.
아이의 어머니는 계속 그를 붙잡아두려고 애쓰면서 아이의 행동
에 대해 다른 사람들에게 사과를 했습니다.

아이의 모습과 거기 침착하고 질서 있게 서 있는 어른들의 모습이
얼마나 다른지를 깨닫고 무척 놀랐습니다. 문득 우리 모두에게는
삶의 질서가 필요하다는 생각이 들었습니다.

물론 때로는 창의력을 발휘할 기회도 있어야 하겠지만, 한편으로
는 우리의 삶에 질서를 부여해줄 누군가가 필요합니다. 그 아이에
게 엄마가 필요한 것처럼 말입니다.

산다는 것 자체만으로도 축복이며
산다는 것 자체만으로도 성스럽다.

랍비 아브라함 헤셸

8월 29일

선한 사람들은 다른 이를 축복할 필요가 없습니다. 그들 자신이 축
복이 되기 때문입니다. 그들의 존재 자체가 미덕입니다. 그들은 자
신들의 존재를 통해 새로운 생명, 힘, 치유, 용기와 활기를 일으킵
니다. 그것이 예수가 주변의 사람들을 축복했던 방식입니다.

가장 중요한 것은 창조하는 것이다.
그것 말고는 아무것도 중요치 않다.
오직 창작이 전부이다.

파블로 피카소 _ 화가

8월 30일

성인이 되어서도 어린아이처럼 창의적이고 무모한 놀이를 통한 순수한 기쁨을 누리는 경우는 드뭅니다. 그러나 놀이를 하는 속에서도 얼마든지 성장할 수가 있지요.

즐거운 놀이는 아무것도 증명할 필요가 없습니다. 그것은 경쟁하지 않으며, 이유도 없고, 목표도 없습니다. 그저 놀이일 뿐입니다. 테니스나 축구처럼 규칙이 있는 놀이가 아닌 순수하고 어린아이 같은 놀이는 그 자체로 축제입니다.

우리 조상들의 주 하느님, 찬미 받으소서.
영원무궁토록 주님을 높이 받들며 찬양합니다.
당신의 영광스럽고 거룩한 이름, 찬미 받으소서.
영원무궁토록 그 이름 높이 받들며 찬양합니다.

다니엘서 3 : 52

8월 31일

하느님의 피조물로 세상에 나오는 순간 축복을 받은 우리는 다른
사람을 축복해야 하는 사명을 받았습니다. 축복하는 것은 좋은 말
을 하고 선함을 전파하는 것입니다.
세상의 모든 피조물은 신성합니다. 세상 모든 것의 고유한 신성함
과 아름다움을 깨달았을 때, 우리는 우리를 둘러싼 모든 것에서 하
느님의 생명, 아름다움과 교감할 수 있으며, 우리 마음속에 들어
있는 가장 좋은 것을 끌어낼 수 있습니다.
축복의 사명은 우리 모두의 마음속에 새겨져 있습니다.

9월 / 10월

가을의 열매를
거두어들이면서,
우리는 우주와
조화를 이룹니다

여덟 달 동안 우리는 들판에서 고생도 하고 즐거움도 누렸습니다. 우리
는 들판의 황량함과 공백, 침묵을 사랑하게 되었습니다. 우리
는 희망과 용기를 갖고 기쁨과 아름다움, 사랑, 성실함의 씨앗을 뿌렸습
니다. 그리고 그 씨앗이 자라고 꽃을 피우는 것을 보았습니다. 밭에서
수확의 기쁨을 누리면서 우리는 비로소 인생이라는 정원의 조화로움과
일체성을 깨닫습니다. 우리의 정원은 우주라는 하느님의 정원의 일부입
니다.

다른 이에게 거짓되지 않은 것처럼
너 자신에게도 충실하라.

프랜시스 베이컨 _ 철학자

9월 1일

아침마다 하느님에게 저의 하루 일과를 도와주십사 기도를 드린
적이 있었습니다. 하지만 지금은 오늘 제 일과가 당신의 뜻에 도움
이 되게 해달라고 기도합니다.

그 기도는 모든 것을 변화시켰습니다. 길지 않은 지상에서의 삶을
살며 우리가 할 수 있는 최상의 일은 하느님과 하느님의 일을 돕
는 것이고, 하느님의 뜻이야말로 우리 모두에게 가장 좋은 것이며,
하느님을 돕는 것이야말로 우리의 특권임을 인정하는 것이기 때
문입니다.

모든 인간은 거대한 전체의 일부이다.
그 전체의 몸은 자연이며, 영혼은 하느님이다.

알렉산더 포프 _ 시인·비평가

제36주 우리 마음에 친절이 있듯 정원에는 결실이 있습니다.

9월 2일

최근 잠비아에 갔을 때, 아침에 일어나서 간밤에 뱀 한 마리가 죽었다는 이야기를 들었습니다. 그 뱀이 제가 머물던 숙소로 침입해 들어와 작은 강아지 한 마리를 통째로 삼켰는데, 경비를 서고 있던 사람이 이를 보고 뱀을 죽인 것이었습니다. 죽은 강아지를 토해낸 다음 뱀도 죽었습니다.

사람까지 삼킬 수 있는 정말 무서운 뱀이었지만 겉모습은 정말 아름다웠고, 바닥에 죽은 채로 누워 있는 모습을 보니 슬픈 생각마저 들었습니다. 죽은 뱀을 바라보면서 문득 모든 생물 속에 감추어진 공통점에 대해 생각해보게 되었습니다. 아름다운 것이나 사나운 것이나, 위험한 것이나 온화한 것이나 모두 이 땅에서 생명을 유지하고 살아갑니다.

풀님에게 기도합니다.
당신을 밟고 지나가게 해주십시오.
내가 지나갈 때 당신이 고개를 숙여야 할지라도,
내가 죽으면 나 역시 당신의 자매가 될 것입니다.

아메리카 원주민의 기도

9월 3일

오늘날 이 지구가 심각한 위기에 처한 것은, 지구를 어머니로서 존경하기보다는 매일, 매시간, 지구를 병들게 하는 무지한 체제—정복하고 소유하고자 하는 욕망, 경솔한 군국주의, 불필요한 소비—에 순응하며 살아가기 때문입니다.

바람은 그 강인함으로
믿음이라는 이름의 승리의 깃발을
펄럭이게 합니다.

바람은 불꽃에 빛을 더하고,
희망의 이슬로 믿는 이들의 상상력에
물을 줍니다.

성녀 힐데가르트 폰 빙겐

9월 4일

라인 지방의 위대한 예언자인 성녀 힐데가르트는 주변의 모든 것
에서 하느님의 존재를 보았습니다. 그녀는 생명을 키우는 자연의
힘을 표현하기 위해 '베리디타스veriditas'라는 말을 만들기도 했습
니다. 그녀의 글들은 온통 '신록의 정의', '신념의 푸른 힘', '세상을
포용하는 활력'처럼 푸른빛 은유로 가득 차 있습니다.

성녀 힐데가르트의 영혼은 대지에 대한 신념과 연민, 사랑으로 가
득했습니다. 그녀는 자연과 조화를 이루는 정도로 인간의 건강과
행복을 판단하였습니다.

오늘 아침에 노래한 새들은 아직 내 지식의 영역에
포함되지 않은 운 좋은 녀석들이었다.
녀석들은 마치 오늘이 세상이 만들어진
첫날이라는 듯 노래를 불렀다.

헨리 데이비드 소로 _ 시인·사상가

9월 5일

마음이 편안해질 때면 콧노래를 부르거나 노래를 흥얼거리거나
춤을 추고 싶어집니다. 때로는 우리가 노래를 부르고 음악을 듣고
있는 것이 아니라 우리 자신이 음악이 되고 노래가 되는 기분마저
듭니다. 리듬에 맞추어 몸을 움직이는 것이 아니라 우리 자신이 춤
이 됩니다. 우리의 일상에 자리 잡고 있던 우주와의 거리감, 혹은
단절감이 사라지고 대신 우주의 리듬을 만드는 심오한 힘과 일체
감을 느꼈을 때에만 가능한 일입니다. 낮이 가고 밤이 오고, 봄이
가고 겨울이 오는 것은 바로 그 리듬 때문입니다.

세상의 아름다움이 나를 슬프게 한다.
그 아름다움은 사라질 것이기 때문이다.

패트릭 피어스 _ 시인 · 혁명가

9월 6일

우리가 지구와 지구 상의 모든 동물, 모든 피조물과 하나로 연결되어 있음을 깨닫기 이전에, 먼저 우리 내면의 영혼과 연결되어 있음을 깨달아야 합니다. 우리는 자신에게 만족하는 방법을 배워야 하고, 자신에 대해 편안함을 느껴야 하며, 혼자만의 시간을 보내는 방법을 배워야 합니다. 자신에 대해 더 많이 알아갈수록 다른 사람과 연결되어 있음을 깨닫는 것이 쉬워집니다.

자신을 사랑할 수 있는 사람만이 남을 사랑할 수 있습니다. 모든 사물과 모든 인간은 서로 연결되어 있으며, 우리가 속한 사회는 물론 다른 사람들의 사회를 사랑하는 법을 배워야만 합니다. 하느님은 모든 사물과 인간의 마음속에 존재하시기 때문입니다.

진정으로 지혜로운 자는
모든 피조물의 발치에 무릎을 꿇는다.

메칠드 폰 마그데부르크 _ 신비주의자

9월 7일

폭력적인 행동 하나가 우리 모두를 다치게 하듯 평화적인 행동 하나가 온 세상의 평화에 영향을 미칩니다.
우리의 행동이 결국 우리 자신의 모습입니다. 평화를 추구하는 동안에 우리 자신이 곧 평화가 됩니다.

만약 당신이 시인이라면
이 종이 위에서 구름을 볼 수 있을 것입니다.
구름이 없으면 비가 내리지 않을 것이고,
비가 오지 않으면 나무가 자라지 않을 것이며,
나무가 없으면 종이를 만들 수 없습니다.
그러므로 구름은 이 종이의 존재에 꼭 필요한 것입니다.

틱낫한 _ 승려

9월 8일

모든 인간이 우주라는 전체를 이루는 저마다의 고유함을 지닌 일
부임을 깨닫는 순간, 우리 자신과 모든 존재하는 것들에 대한 강한
연민을 느끼게 됩니다. 뿐만 아니라 모든 피조물의 아름다움을 볼
수 있게 되고, 열린 마음으로 다른 이에게 기꺼이 손을 뻗을 수 있
게 됩니다.

타인의 고통에 대해 진실한 마음으로 손을 내밀 때마다 우리의 두
려움, 경계심에도 불구하고 우리의 사랑은 자랍니다. 그 사랑은 점
점 더 조건 없는 사랑으로 발전하며, 우리와 다른 사람 간의 경계
는 허물어집니다.

마음의 여유를 가진 자라면 그의 집에도 쉴 곳이 있다.

덴마크 격언

제37주 자랄 공간을 주었을 때 풀이 자라듯, 모든 인간의 고유함을 존중 한다면 아무도 소외되지 않을 것입니다.

9월 9일

유난히 더 마음이 가는 사람이 있게 마련입니다. 반면 전혀 마음이 가지 않는 사람도 있지요. 계속 그런 식으로 살아갈 수도 있겠지만, 생각을 바꾸어 새로운 가능성, 새로운 친구들에게 마음을 열 수도 있습니다.

새로운 생각, 새로운 가능성은 우리 마음속에도, 우리 가정 안에도 있습니다. 우리가 마음을 열고 변화하면 모든 것이 달라집니다.

해와 달아 찬양하고 반짝이는 별들아 모두 찬양하여라.

하늘 위의 하늘들, 하늘 위에 있는 물들아 찬양하여라.

땅에서도 야훼를 찬양하여라.

큰 물고기도 깊은 바다도, 번개와 우박, 눈과 안개도,

당신 말씀대로 몰아치는 된바람도.

시편 148 : 3~4, 7~8

9월 10일

제가 자라온 전통적인 사회는 작가인 페그 세이어스의 표현을 빌리자면 '서로가 서로의 그림자 속에 살았던' 시대였습니다. 사람들은 저녁이면 불가에 모여 앉아 서로 이야기를 나누었고, 추수를 할 때나 씨를 뿌릴 때나 함께 일했습니다.

먹을 것도 많았고, 연료 걱정도 없었으며, 어려울 때면 서로에게 의지했습니다. 사실 우리는 돈을 제외한 모든 것을 갖고 있었고, 결국 많은 것을 가진 셈이었습니다.

절대로 남에게 자신의 행동을 변명하지 말라.

레프 톨스토이 _ 소설가

9월 11일

우리가 살고 있는 이 사회는 우리에게 성공하기 위해서는 열심히 일해야 한다고 주입합니다. 일주일에 40시간, 50시간, 심지어는 60시간까지 일을 해야 하지요. 성공에 대한 집착은 우리의 건강과 영혼을 앗아갑니다. 그것은 성공과 보상에 대한 기대 때문에 자기 파괴적인 삶의 유혹에 굴복하는 것입니다.

그러한 삶의 방식은 두려움에 기인한 것입니다. 실패에 대한 두려움, 우리의 정체성을 잃는 것에 대한 두려움, 우리 자신의 무언가를 포기하는 것에 대한 두려움, 혼란에 대한 두려움 등입니다. 그 중 가장 큰 두려움은 사랑에 대한 두려움입니다. 마음을 열고 사랑의 요구에 부응하는 것에 대한 두려움, 인간성을 주고받는 사회로 들어서는 것에 대한 두려움입니다.

천국으로 마음을 열어둔 사람은 구름 뒤에서
늘 태양이 빛나기에 언제나 맑은 날을 누릴 수 있으리라.

레프 톨스토이 _ 소설가

9월 12일

저의 고향인 아일랜드에서는 일상생활의 사소한 행동들—일어나
고 잠자리에 드는 것, 촛불을 켜는 것, 밤새 촛불을 켜두고 아침에
다시 불을 붙이는 것, 씨를 뿌리고 수확을 하는 것, 물건을 사고파
는 것, 살고 죽는 것—이 마치 마법처럼 삶의 흐름 속에 제 나름대
로의 위치를 갖고 있습니다.

삶이 끝없이 순환하는 일종의 흐름이라고 생각한다면, 모든 인간
의 삶이 하나의 흐름을 타고 있다고 생각한다면 커튼을 젖히고 하
느님의 빛과 바람을 안으로 들이는 단순한 행위까지도 기도가 됩
니다. 단, 우리 마음을 저 높은 곳의 하느님께로 열어두어야 하겠
지요.

다른 사람을 위해 선을 행하려거든
특정한 소수인을 대상으로 하라.
공익은 비열함과 위선, 아첨에 대한 변명일 뿐이다.

월리엄 블레이크 _ 화가·시인

9월 13일

얼마 전에 만난 사람은 매년 정치와 자선사업에 5천 파운드씩 기
부한다고 했습니다. 그는 자기 회사 직원들의 복지에 대해 무심하
고, 젊은이들을 값싼 임금으로 착취하기로 유명한 사람이었습니
다. 그는 자신이 열심히 일하는 사람이며, 고용을 창출했고, 자기
보다 열악한 상황에 처한 사람들을 위해 따로 돈을 쓰고 있으므로
책임을 다하고 있다고 믿는다고 말했습니다.

대부분이 자신의 일에만 최선을 다하면서 나머지 문제들은 다른
사람에게 맡기며 살아가는 것 같습니다. 자선을 하는 것은 쉬운 일
이지만, 우리와 직접 연관된 사람들이 겪고 있는 부당함에 내해 책
임 의식을 갖는 것은 그보다 훨씬 더 어렵습니다. 공익을 위해 일
하기는 쉽지만, 특정한 몇몇 사람을 위한 선을 행하기란 쉽지 않습
니다.

개구리는 자기가 사는 연못의 물을
다 마셔버리지 않는다.

레프 톨스토이 _ 소설가

9월 14일

우리의 삶은 대부분 문 안에서 이루어집니다. 때로는 문을 잠그고,
창문도 닫고, 벽 안에 갇혀, 사무실이나 차 안에서 시간을 보내지
요. 문 안에서의 삶은 머리로만 사는 것이며, 안전지대를 벗어나지
않는 것입니다.

거리를 산책하는 것은 바깥 세상과 우리를 연결시켜줍니다. 특히
다른 시간, 다른 장소를 산책하는 것은 더더욱 그렇습니다. 그것은
우리의 눈은 물론이요 귀까지 열어주고, 세계의 시민으로서 마음
을 열게 합니다.

우리가 줄 수 있는 유일한 선물은
우리 자신의 일부이다.

랠프 월도 에머슨 _ 시인

9월 15일

여든 살의 노인이 병원에서 앓고 있던 아내를 보기 위해 두 달 동안 매일 10마일을 걸었다는 이야기를 들었습니다. 이분척추증을 앓는 아이를 위해 6개월 동안 잠을 자지 않았다는 엄마도 알고 있습니다.

사람들은 다양한 모습으로 사랑의 위력을 증명합니다. 자신을 기꺼이 사랑에 내던질 때, 우리는 기존의 모든 관념들을 뛰어넘습니다. 바로 그것이 사랑의 신비입니다. 사랑에 자신을 내던지는 사람에게는 새로운 삶의 빛이 보이고, 새로운 자각과 인지능력이 생깁니다. 사랑 안에서 우리는 우리 자신의 영역을 넓히고, 우리의 한계를 받아들입니다. 그렇게 자신을 용서함으로써 새로운 삶의 방식을 깨닫게 되는 것입니다.

누구든지 나에게서 떠나지 않고
내가 그와 함께 있으면 그는 많은 열매를 맺는다.

요한복음 15 : 5

제38주 두려움은 우리 자신을 옭아맬 수도 있는 잡초와 같은 것입니다.

9월 16일

성서에 '성공'이라는 말은 등장하지 않습니다. 대신 '결실'이라는 단어와 '결실을 맺다', '수확하다'와 같은 표현들이 있지요.

'성공하는 것'과 '결실을 맺는 것'에는 큰 차이가 있습니다. 오직 성공만을 추구한다면 그것은 결과에만 연연하는 것입니다. 누구나 자기가 맡은 일을 성공적으로 완수하고 싶어 합니다. 하지만 일의 완성과 결과, 성공에만 집착하다 보면 우리는 그 과정에서의 기쁨을 놓치게 되지요.

반면 결실을 맺는 것을 추구하는 것은 결과뿐 아니라 과정을 생각하고, 우리가 무엇을 이루었는가만큼 어떻게 이루었는가를 중시하는 것입니다.

너 자신의 등불이 되고 피난처가 되어라.
다른 피할 곳을 찾지 말고
내면의 빛에 최대한 가까이 다가서라.

불교의 지혜

9월 17일

어떤 사람은 지혜는 지식이라고 말합니다. 지혜가 모험적인 것이라고 말하기도 하고, 또 어떤 사람들은 지혜가 신중함이라고 생각합니다.

지혜는 인간으로서 우리 자신이 누구인지를 아는 것이고, 우리가 직관을 통해 아는 것과 경험을 통해 아는 것을 조화시키는 방식입니다. 지혜는 삶이 빛과 어둠, 상승과 하강, 기쁨과 슬픔, 아름다움과 추함의 혼합체라는 사실을 받아들이는 것입니다.

지혜는 혼란과 투쟁, 불안과 무질서 속에서 마음의 평화를 유지하는 것이고, 기쁠 때나 슬플 때나 세상의 모든 사물, 모든 인간들로부터 기꺼이 배울 수 있는 마음입니다.

나는 맹인들의 도시에서 거울을 판다.

카비르 _ 철학자

9월 18일

동물들의 세계가 인간세계처럼 경쟁적이라고 상상해봅시다. 새들은 서로의 둥지를 파괴할 것이며, 벌들은 꿀을 얻기 위해 서로를 죽이고, 꿀을 많이 만든 벌일수록 더 많은 영예를 누리려고 하겠지요. 하지만 그들은 생존을 위해 경쟁할 뿐 경쟁을 위해 생존하지는 않습니다.

이번에는 성공이나 실패에 대한 집착이 없을 때, 인간의 삶이 얼마나 달라질지 상상해보십시오. 성공이나 실패는 그저 배움을 얻는 경험으로 여겨질 뿐이라고 말입니다. 경쟁보다는 나눔을 통해 살아간다면, 다른 사람의 실패를 통해 우리 자신의 성공을 가늠하지 않는다면 우리는 우리 방식대로 살아가면서 우리에게 무엇이 옳은 일인지 선택할 수 있을 것입니다.

이 세상에 악이란 존재하지 않는다.
악은 오직 우리 마음속에 존재하며,
따라서 파괴될 수 있는 것이다.

레프 톨스토이 _ 소설가

9월 19일

제 어머니는 "큰 신세를 졌습니다"라는 말을 자주 사용하셨습니다. 하지만 요즘 사람들은 그런 말을 잘 쓰지 않는 것 같습니다. 아마도 다른 사람에 대한 의존을 인정하고 싶지 않아서이겠지요.

만약 우리에게 부모님이 없었다면, 선생님이 없었다면, 친구가 없었다면 우리는 절대로 지금의 모습으로 존재할 수 없습니다. 모든 인간에게는 다른 사람들이 필요합니다. 때가 되면 삶은 그 진리를 우리에게 깨우쳐줍니다. 병들었을 때일 수도 있고, 인간관계에서 좌절했을 때, 갑작스럽게 근친을 여의었을 때일 수도 있습니다. 삶은 어느 순간 우리를 놀라게 하며 찾아와 우리 모두가 서로에게 의지하며 살아가고 있음을 깨닫게 해줍니다.

이 세상 어디엔가 사악한 행동만을 일삼는
악의 무리들이 있다면
그들을 나머지 선한 사람들로부터
격리시키고 파멸시켜야 할 것이다.
그러나 선과 악을 구분하는 경계선은
모든 인간의 마음속에 있다.

알렉산드르 솔제니친 _ 소설가

9월 20일

자신의 수치스러운 일면을 숨기는 것은 때로 문제를 일으킵니다.
그러나 그 일면을 똑바로 쳐다볼 수 있다면, 또 이해하고 포용할
수 있다면 그것은 축복이 될 수도 있습니다. 자신의 그늘진 부분과
대면함으로써 우리는 다른 집단, 사회, 이웃, 국가를 다른 안목으
로 바라볼 수도 있을 것입니다.

인간은 선하기만 하지도, 악하기만 하지도 않습니다. 선과 악은 모
두 우리 마음속에 있습니다. 그 사실을 인정하는 순간, 우리는 이
사회에서 선과 악을 위한 책임을 다할 수 있습니다.

민중들의 목소리에는 어딘가 신성한 데가 있다.

프랜시스 베이컨 _ 철학자

9월 21일

제가 소외되고 버림받은 사람들을 외면한 채 수년 동안 종교학과 기도에만 몰두했다면 지금처럼 하느님과 교감을 가질 수 없었을 것입니다.

많은 형제자매들, 함께 살고 함께 일했던 사람들은 제게 이 세상에 대한 믿음과 경외를 가르쳐주었으며, 저로 하여금 매일매일의 신성함에 감탄하게 하였고, 우리가 미처 알아차리지 못하는 사이에 세상에는 기적 같은 일들이 항상 일어나고 있으며, 또 일어날 것이라는 사실을 가르쳐주었습니다.

함께 일했던 사람들이 제게 가르쳐준 세상에 대한 경외는 아는 것과 깨닫는 것의 차이를 이해하는 데 큰 도움을 주었습니다.

우정은 내 마음속에 항상 변하지 않는 뿌리이며,
황야에 핀 흰 장미와도 같다.

페그 세이어스 _ 작가

9월 22일

저는 1940년대와 50년대에 카운티 케리의 딩글 반도에서 자랐는
데, 그곳에서는 모든 행사를 무척 중시했습니다. 우리는 결혼식,
세례식, 장례식, 금육 혹은 단식일, 새로 이주해온 사람들과 귀향
한 사람들을 축하했습니다. 또 잔디를 밟고, 수확을 하고, 겨울을
나기 위해 잔디를 떼면서 계절을 축하했습니다.

모든 사회에 다양한 형태의 축하 문화가 존재하겠지만, 제가 유독
우리 관습을 특별하게 생각하는 것은 그러한 축제에 단 한 사람도
소외되지 않았으며, 모두가 똑같이 즐겼다는 사실 때문입니다.

두려움은 곧 두려움에 대한 두려움이 아니고 무엇이랴.

칼릴 지브란 _ 시인

제39주 부패와 변질은 우리에게 인생의 순환 주기에 대한 경각심을 일깨워줍니다.

9월 23일

두려움은 친구가 될 수 있는 사람들을 적으로 만듭니다. 두려움은 우리를 숨 막히게 하고 미소와 용기, 희망을 쫓아버립니다. 두려움의 대부분은 자긍심의 부족이나 부적응, 혹은 다른 사람에 대한 열등감에서 비롯된 옳지 못한 것이지요.

감정에 굴복하고 평생을 엄청난 두려움에 갇혀 살아갈 수도 있습니다. 반면 두려움을 직시하고 그것을 현실로 받아들일 수도 있습니다. 우리가 생각을 바꾸면 모든 것이 달라집니다. 자신에 대한 잘못된 평가에 바탕을 둔 두려움에 갇혀 사는 것은 시간과 에너지를 낭비하는 일입니다. 우리의 행동까지 변화시킬 수는 없을지언정 적어도 우리 자신에 대한 평가와 그 평가의 기준이 되는 잣대를 바꿀 수는 있을 것입니다.

늘 소박하게 사는 것이야말로
인간의 내면과 외면의 평화를 창조하며,
우리의 삶에 조화를 부여한다.

피스 필그림 _ 수녀

9월 24일

소유에 대한 인간의 집착은 정말 놀랍습니다. 우리는 단지 비축하기 위해서 물건을 사 모읍니다. 다시는 쓸 일이 없을 물건조차도 우리는 소유하려 합니다. 우리의 욕망은 필요를 넘어 탐욕의 경지에 이르고 있습니다. 그러한 욕망에 굴복할수록 삶은 점점 더 우리의 통제권 밖으로 이탈합니다. 그리고 혼돈과 무질서, 혼란과 위기로 채워집니다.

소박하게 살며 꼭 필요한 것만 소유함으로써 우리는 자유와 권력을 누릴 수 있습니다. 소박함이야말로 우리를 잘못된 가치관에서 해방시키고, 우리의 소유물로부터 자유롭게 함으로써 현재에 충실하게 살도록 해줍니다.

녹차 한 잔을 마시면서 나는 전쟁을 중단시켰다.

토머스 머튼 _ 신부 · 작가

9월 25일

어떤 사람에게는 상냥하고 친절하면서 어떤 사람에게는 고함을
지른다면 사랑이 무슨 소용이 있겠습니까? 거리에서 무례하게 행
동하고, 사람들을 밀치고, 이미 만원이 된 버스나 지하철에 억지로
몸을 밀어넣는다면 우리는 진정으로 사랑하는 것이 아닙니다. 함
께 일하는 사람들을 함부로 대하고, 가난한 사람들을 경멸하고, 길
거리의 부랑자들을 무시하고, 물건을 사느라 쩔쩔매는 노인들을
외면하고, 단지 남한테 잘 보이기 위해서 일을 하고, 자신의 선행
을 과시한다면 우리는 사랑하는 것이 아닙니다. 좋아하는 사람에
게는 착하고, 예의 바르고, 공손하게 행동하면서 싫어하는 사람들
은 무시하고 외면한다면 그것은 우리 자신과 다른 사람 간의 연결
고리를 보지 못하는 것입니다.

대지에 일어나는 모든 일은
대지의 아들과 딸들에게도
똑같이 일어납니다.

시애틀 추장

9월 26일

영국의 시인이자 성직자였던 존 던은 '그 누구도 외딴섬이 아니다.
나와 상관없는 죽음은 하나도 없다'라고 썼습니다. 거기에다 조금
더 덧붙이자면 자연의 어떤 일부도 섬이 아니며, 모든 생물은 거대
한 자연의 일부인 동시에 인간과 연결되어 있습니다. 자연은 역동
적인 생명의 거미줄로 서로 얽혀 있습니다.

인간은 대체로 우주의 조화를 의식하지 못하고 삽니다. 부주의, 혹
은 무심함으로 조화를 거스르고 낭비와 탐욕으로 세상을 파괴합
니다. 우리가 보다 큰 그림의 일부라는 것을 기억한다면, 우리의
작은 행동들이 반대편 세상에 커다란 영향을 줄 수 있음을 안다면
우주와의 조화를 유지하고 존중할 수 있을 것입니다.

모든 유기체는 자신의 삶에서 단 한 가지 욕구가 있다.
그것은 바로 자신의 잠재력을 발휘하는 것이다.

롤로 메이 _ 심리학자

우리가 다른 이에게 베풀 수 있는 가장 큰 선물은 관심입니다. 그러나 관심을 베풀기 위해서는 초연한 마음을 갖는 것이 필요합니다. 초연함이란 무관심이나 미움과는 다른 것입니다. 오히려 그 반대라고 할 수 있지요.

무관심은 다른 사람을 인식하지 않는 것입니다. 반면 초연함은 다른 사람을 우리와 똑같이 중요한 사람으로 보는 것입니다. 초연함은 다른 사람에 대해 충실함으로써 오직 그들의 편안함만을 생각하는 것입니다. 우리가 각자 또 함께 앞으로 나아가기 위해서 서로의 존재가 필요하다는 사실을 깨닫는다면 결코 서로에게 무심할 수 없습니다.

당신 앞에서는 천 년도 하루와 같아

지나간 어제 같고

깨어 있는 밤과 같사오니.

시편 90 : 4

9월 28일

때로는 우리 마음속에서 가장 하느님과 닮은 부분을 믿어야만 합니다. 그것은 바로 우리의 가장 순수한 영혼이며, 하느님에 대한 우리 영혼의 기억이며, 우리 모두를 하나이게 하는 하느님의 영혼입니다.

영혼의 기억을 되살리는 것은 사람들을 하나로 모은다는 의미에서 일종의 정신적인 행위가 될 수 있습니다. 더 많이 기억할수록 우리의 자아는 개별적 존재로서, 혹은 전체의 일부로서 보다 더 완성될 것입니다. 영혼의 기억은 온 세상을 포용하는 것이며, 포용할 수 없는 것까지 포용하는 것입니다.

아름다운 순간이 왔다가 사라질 때,
그 사이에 가만히 스며드는
행복한 명상의 마음이여.

윌리엄 워즈워스 _ 시인

9월 29일

우리는 모두 어둠과 절망 속에서 우리가 베푼 것들이 기쁨으로 돌아오는 것을 경험한 적이 있습니다. 살아가면서 기쁨의 순간들은 잊히는 듯하지만, 사실은 다른 일들에 빛이 바래거나 희미해지는 것뿐이지요. 우리는 단지 가슴속에 묻혀버린 아름다운 것들과 기쁨의 순간들에 이르는 길을 찾으면 되는 것입니다.

보물 창고를 갖는 것—기쁨을 주었던 사람들과 그들의 말, 글, 경험, 사건들을 적어놓는 것—은 추억을 되새기는 데 큰 도움이 됩니다. 그러한 보물 창고를 뒤적이는 것은, 특히 삶이 힘겹게 느껴질 때에는 그 기쁨을 처음 느꼈던 그날로 돌아간 것처럼 생생한 아름다움과 기쁨을 되살려줍니다.

영혼은 외부 세계와 내면 세계가 만나는 곳이다.

노발리스 _ 시인

제40주 가을의 무한한 너그러움은 물질적이고 이기적인 우리의 마음을 누그러뜨립니다.

9월 30일

하느님의 사랑이 우리를 통해 표현되어야 한다면 우리는 마음을 열고, 비우고, 기다려야 합니다. 우리는 모두 그것을 추구하고, 열망하고, 기도해야 합니다. 그러면 하느님의 사랑을 담은 멜로디가 저마다 다른 개성으로 흘러넘칠 것이며, 갖가지 경험들로 표현될 것입니다.

매일 고요한 시간을 갖고 우리 자신에게, 그리고 하느님에게 충실한 시간을 갖는다면 그 시간이 5분이건 10분이건 간에 새로운 자신의 모습을 발견하게 될 것입니다. 또한 가장 중요한 것은 우리가 무엇을 하는가가 아니라 왜, 어떻게 하는가임을 깨닫게 될 것입니다.

우리의 삶은 진실을 실험하는 도구입니다.

틱낫한 _ 승려

10월 1일

베트남의 불교 지도자이자 평화의 사도인 틱낫한 스님은 진실과 평화의 도구로 쓰이는 것을 인생의 목표로 삼고 있는 사람입니다. 그는 인간이 이 땅에서 신의 거룩함을 표현하기 위한 독특하고 고유한 재능을 타고났음을 여러 차례 강조했지요.

그는 우리가 일상의 모든 일을 할 때 보다 더 사랑과 배려, 주의를 기울인다면 진실과 평화, 정의의 길을 따르게 될 것이라고 했습니다. 또 그렇게 하면 우리가 상상하는 것보다 훨씬 더 심오하고 포괄적인 방법으로 지상에 평화를 가져올 것이라고 말했습니다.

가능성들을 상상할 때, 인간은 자기 삶의 예언자이다.

폴 리쾨르 _ 철학자

10월 2일

이 세상의 모든 것들 중 그 어떤 것도 선하고 아름다운 마음의 양식으로 삼기에 너무 하찮거나 너무 대단한 것은 없습니다. 우리는 너무 많은 기회를 놓치고 있으며, 너무 많은 사람, 생각, 물건들을 버릴 뿐 아니라 너무 많은 잠재력을 낭비하고 있습니다.

우리는 한 번도 질적이고 충만한 삶을 사는 법을 배우지 못했습니다. 충만하기에는 너무 바쁘고, 삶의 편린들 속에서 진정한 아름다움을 보기에는 눈이 너무 어둡습니다. 그래서 우리는 기운 없고 맥빠진 상태로 반쯤 넋이 나가서 아무것도 놓치지 말고 아무것도 잃지 말아야 한다는 사실을 깨닫지 못한 채로 살아갑니다.

자연과 신, 그 어느 쪽도
나는 알지 못했으나
그 둘은 나를 너무도 잘 알고 있었다.
그들은 내 본성의 집행인이었다.

에밀리 디킨슨 _ 시인

10월 3일

우리 대부분은 하느님을 알기보다는 하느님에 대해 배워왔습니다.
우리는 마치 어렸을 때 부모와 헤어져서 부모에 대한 기억이라고
는 몇 장의 사진과 일화들뿐인 아이들과 같습니다.

하느님에게서 멀어짐으로써 우리는 심한 박탈감을 느끼게 됩니다.
그러한 박탈감은 제대로 이해되지 못하는 경우도 있습니다. 어떤
사람들은 하느님을 체험한 적도, 하느님을 알도록 도움을 받은 적
도 없기에 자신이 잃어버린 것이 무엇인지조차 모르고 있습니다.
하느님은 그들 마음속에 존재하시는데도 말입니다.

신에게 가까이 다가가는 것은
오직 나 자신을 잊음으로써 가능하다.

헨리 데이비드 소로 _ 시인·사상가

10월 4일

마이스터 에크하르트는 우리가 결실을 맺지 못하는 이유는 우리
가 버리지 못하고, 있는 그대로 받아들이지 않고, 우리 자신과 하
느님을 믿지 않기 때문이라고 했습니다. 믿음이 있어야 사랑할 수
있습니다. 믿음이 있으면 하느님이 우리를 통하여 많은 일들을 이
루어주실 것입니다.

믿음과 희망 속에서 성장할수록 우리와 다른 사람들, 우리와 이 세
상이 연결되어 있음을 깨닫게 될 것입니다. 희망 속의 기다림은 곧
우리 모두가 하나임을 깨닫는 것입니다.

반가워라, 기쁜 소식을 안고
산등성이를 달려오는 저 발길이여.

이사야서 52 : 7

10월 5일

가정에서, 거리에서, 그리고 학교에서 우리는 매일 폭력의 이미지들을 접합니다. 그러한 폭력은 물리적이고, 성적이며, 감정적이고, 심리적인 것입니다. 사방에 난무하는 폭력에 우리는 무력감을 느낍니다.

미디어는 폭력에 관한 이야기를 전하는 것을 멈춥시다. 부모나 교사, 형제와 자매, 남녀노소 모두 폭력을 중단합시다. 정치, 사회, 경제, 법률, 혹은 종교 단체도 모두 그만 멈춥시다. 그리고 고요함, 침묵, 명상의 시간을 갖고 매일 기도하면서 우리의 영혼이 우리를 온화함, 열린 마음, 선, 행복, 호의, 관용의 세계로 이끌도록 합시다.

하늘과 지상, 지하에 있는 것은 하나로 연결되어 있고,
서로 연관되어 있다.

마이스터 에크하르트 _ 신비주의자

10월 6일

50여 년 전, 풀을 베다가 들어오신 아버지가 해골을 발견했다고 말
씀하셨던 일을 생생히 기억합니다. 아버지는 그 해골이 천 년도 더
된 것이라고 하셨지요. 늪이 무엇이든 아주 오래 보존할 수 있다는
사실이 참 신기했습니다.

최근에 한 화가와 카운티 메이오에 갔었는데, 그가 차를 세우고 늪
으로 들어가서 조그만 나뭇가지 하나를 주워 들고 돌아왔습니다.
그는 나뭇가지를 제게 보여주면서 아마 그것이 5천 년 정도 되었
을 거라고 말해주었습니다. 문득 지금 이 시대와 아주 오래전의 아
일랜드가 연결되어 있다는 느낌이 들었지요.

늪이 우리를 위해 과거를 보존해주듯 우리 역시 모든 사물의 연계
성을 보존해야 하겠습니다. 늪이 나무를 지키듯 우리는 우리의 운
명을 지킵니다.

용기를 내어 옳은 일을 하라.
순간의 기분에 흔들리지 말라.
용감하게 진실을 고수하라.
불확실한 것에 시간 낭비하지 말라.

디트리히 본회퍼 _ 신학자

제41주 추수기는 힘겨웠던 지난날을 잊고 현재의 풍요로움을 만끽하는 시기입니다.

10월 7일

최근 어느 학교의 시상식에 참석하는 영광을 누리게 되었습니다. 문화, 사회, 종교, 예술, 학업 성취도, 재능 등 다양한 분야에서 우수한 학생에게 시상하는 자리였지요. 그 학교에서는 교육을 단순히 학문적인 것이라기보다 완전한 인간이 되어가는 과정이라고 인식하는 듯했습니다. 아이들은 서로 협력하고 감사해야 한다고 배웠으며, 서로의 미래와 희망, 결실을 함께 기뻐했습니다.

문득 그 아이들이 학교를 떠나 물질적이고, 소비적이며, 목표 지향적인 세상에 발을 내딛게 되었을 때, 그들의 삶이 어떻게 달라질지 생각해보았습니다. 하지만 이내 그들이 학교와 가정에서 올바른 가치관을 배웠다면 그 가치관이 미래의 그들을 지탱해줄 거라는 생각이 들었습니다.

기도할 곳을 찾기 위해
눈비 속으로 조용히 발걸음을 내디뎌라.
그곳으로 향하는 길은 너무도 소박해서
어쩌면 그냥 지나칠지도 모른다.

길버트 체스터턴 _ 작가

10월 8일

1980년대에 저는 EU와 관련된 일을 했는데, 매달 브뤼셀로 보고서를 보내야 했습니다. 그쪽에서 자료를 더 신속하게 받고 싶어 하여 저는 사무실에 팩스를 하나 들여놓게 되었지요. 처음 팩스를 사용했을 때는 열흘 정도 시간을 벌었다고 생각하며 브뤼셀에서 연락이 오기를 기다렸습니다. 다음 날 아침, 수십 장의 서류가 바닥에 널려 있었습니다. 제가 쓴 보고서가 수많은 질문, 논평과 함께 다시 되돌아온 것이었습니다. 저는 그때 절대로 현대 기술에 지배당하지 않으리라 결심하고, 부담을 받기보다는 부담을 덜어내기 위한 목적으로만 그것을 사용하겠다고 생각했습니다.

지금도 전화와 팩스, 이메일을 사용하지만 제가 원하는 때에, 제일에 도움이 되는 방식으로만 사용하고 있습니다.

묵은 땅을 갈아엎고 정의를 심어라.
사랑의 열매를 거두리라.

호세아서 10 : 12

10월 9일

추수기는 즐겁고 충만한 시기입니다. 하지만 걱정스럽고 위험한
시간이기도 하지요. 우리는 곡물을 거둘 적당한 시기를 판단해야
합니다. 완벽한 수확을 하겠다는 생각에 추수를 미루는 것은 달콤
한 유혹이지만, 그만큼 위험 부담이 크기도 합니다.

비결은 때를 아는 것입니다. 지혜로운 농부는 추수가 기쁨과 슬픔,
두려움과 희망이 함께 섞인 삶의 결실을 거두는 것임을 알고 있습
니다. 제대로 된 것과 잘못된 것, 우리가 사랑했던 것과 사랑하지
않았던 것을 알고 있습니다. 지혜로운 농부는 좋은 것은 취하고,
버릴 것은 두려워하거나 걱정하지 않고 기꺼이 버릴 줄 압니다.

인생의 거미줄은 인간이 짠 것이 아닙니다.
인간은 그저 거기 걸려 있을 뿐입니다.
그 거미줄에 무슨 짓을 하든 그것은 결국
자기 자신에게 하는 것입니다.

시애틀 추장

10월 10일

어렸을 때는 인생을 모든 사물, 모든 사람들이 함께하는 멋진 모험
이라고 생각했지요. 우리가 살아가면서 해야 할 일들 중 하나는 우
리 마음속 어린이의 모습을 되찾는 것입니다. 어린아이가 됨으로
써 비로소 우리가 중요한 존재임을 깨닫고, 우리의 고유함이 우주
전체에서 큰 의미가 있으며, 우리가 맡은 역할이 언제 어디서나 모
든 생명에 영향을 미친다는 사실을 깨닫게 됩니다. 우리보다 앞서
지나간 것들과 현존하는 모든 것들이 우리와 연결되어 있음을 깨
닫고 삶의 여정을 걷는 것이야말로 미래를 준비하는 것입니다.

오감을 통해 얻어지는 지식만을 갖고 있는 사람은
사물의 본질을 알지 못한다.
진정한 지식은 모든 사물에
숨겨져 있는 내면을 이해하는 것이다.

인도 격언

10월 11일

늘 도량이 넓은 사람들에게 마음이 끌리곤 합니다. 마음이 넓은 사람은 진실하고 정의로운 삶을 삽니다. 마음이 넓은 사람은 사소하고 하찮은 일에 사로잡히지 않는 열정적인 사람입니다. 그런 사람은 만나는 순간 바로 알게 되지요.

그들은 작은 것에 집착하거나, 결점을 찾으려 하거나, 트집을 잡거나, 험담을 하거나, 모함하지 않습니다. 그들의 넓은 마음은 마음을 써야 할 중요한 일이 무엇인지를 가려내어 관심과 열정을 거기에 쏟아붓습니다. 마음이 넓은 사람은 우리에게, 자기 자신에게 충실할 것과 성실하고, 진실되고, 정의로운 삶을 살 것을 요구합니다.

"신의 존재를 어떻게 아시오?"
사람들은 이렇게 묻곤 한다.
그럴 때는 이렇게 대답하라.
"신이 곧 내 영혼이기 때문이오."
신을 모르고 어떻게 우리 자신을 알겠는가.
자신을 진정으로 이해하는 것이야말로
신을 이해하는 것이다.

페르시아 격언

10월 12일

지혜는 아는 것인 동시에 모르는 것이기도 합니다. 또한 그 불확실함에 대해 편안해하는 것을 의미합니다. 지혜는 깨달음이며 놀라움입니다. 지혜로워지기 위해서 우리는 항상 마음을 열고, 기꺼이 받아들이고, 깨달을 준비가 되어 있어야 합니다.

지혜는 용기와 참여, 인내, 불확실함, 혼돈, 무심함, 의심, 고통, 번뇌, 기쁨, 웃음, 즐거움, 사랑을 통해 얻어지는 것입니다. 지혜는 우리의 정신과 마음, 몸과 영혼의 모든 것을 이해했을 때 얻을 수 있습니다.

오, 생명의 신이시여, 내 뿌리에 비를 내리소서.

제라드 맨리 홉킨스 _ 시인

10월 13일

모든 것을 자기 방식대로 하고자 하는 욕망은 너무도 강합니다. 우리는 모든 것을 지배하려는 욕망에 사로잡혀 있습니다. 우리 뜻대로 되지 않는 것을 그냥 내버려두는 모험을 하는 것이 너무도 두렵습니다.

매일 명상을 하며 온화해지는 법과 기다리는 법, 침묵하는 법을 배워야 합니다. 또한 우리의 유일한 희망은 하느님에게 모든 것을 맡기는 것뿐이라는 사실을 믿는 것은 물론이요, 인정해야만 합니다.

자기 영역을 침범당했을 때 무조건 긴장부터 하는 사람들이 있습니다. 우리의 경직된 마음을 부드럽게 풀어주는 것은 기도를 통한 축복입니다.

소원이 이루어지면 마음이 달갑다.

잠언 13 : 19

제42주 가장 작은 자연의 변화를 알아차림으로써 매일 새로운 삶을 살게
됩니다.

10월 14일

학생이었을 때 석 달 동안, 뉴욕의 가난한 흑인들이 모여 사는 동
네에서 아동과 청소년을 위한 심리상담 센터에서 일한 적이 있습니
다. 우리 고객들이 사는 동네는 우범지대였는데, 저는 물론 조금
두렵기는 했지만 혼자 그곳을 찾아가보기로 결심했습니다. 그곳에
서 저는 너무 따뜻한 사람들을 만났고, 뜨거운 환대를 받았습니다.
그들은 몹시 가난했고, 아이들에게 음식과 옷, 교육, 취업 기회를
제공해주기 위해 필사적인 노력을 하고 있었습니다. 그곳에 사는
사람들은 상담 같은 것은 받아본 적도 없었습니다.

그 동네를 방문하고 나서 저는 제 마음이 원했던 대로 3개월 일찍
그곳에 가지 않았던 일을 가슴 깊이 후회했습니다.

때로는 세상을 보고 싶다는 열망에
제 마음이 울부짖습니다.

헬렌 켈러 _ 작가·운동가

10월 15일

마음의 눈으로 세상을 볼 때 직관력은 향상됩니다. 보다 정확한 이미지를 볼 수 있으며, 모든 사물이 보다 가까이 다가옴을 느낍니다. 또한 세상의 보이지 않는 비이성적인 이면까지도 이해할 수 있는 능력을 갖게 됩니다. 마음으로 보는 것은 우리의 자아 전체로 보는 것입니다. 그것은 의도적이고 개인적인 행위이며, 정신적 친밀감의 행위이고, 지금껏 경험해보지 못한, 세상과 가장 심오한 교감을 갖는 행위입니다.

새롭게 받아들인 이미지를 흡수하고 그것을 다시 세상에 퍼뜨리는 행위는 이 세상과의 강한 친밀감을 체험하는 것으로, 처음에는 조금 두려운 일일 수도 있습니다. 하지만 인간은 그런 것들을 받아들일 수 있는 능력이 있으며, 우리는 그러한 새로운 안목에 적응해야만 합니다.

비난은 누구나 할 수 있는 것이지만,
칭찬은 특별한 사람만이 할 수 있다.

콘스탄틴 스타니슬랍스키 _ 연출가

10월 16일

다른 이를 칭찬하는 것은 놀라운 체험입니다. 칭찬을 받으면 믿을
수 없을 만큼 기분이 좋아지는 것이 사실이지요. 하지만 작은 칭찬
이면 족합니다. 지나친 비판과 질타가 부정적인 영향을 줄 수 있듯
이 칭찬 역시 지나치면 좋지 않습니다.

칭찬이 지나치면 사람들은 모험하기를 그만두고 자신의 창의력을
억누릅니다. 지나친 칭찬은 성장과 발전을 가로막는 요인이 되기
도 합니다. 과거에 대한 죄책감이 현재를 파멸시킬 수도 있는 것처
럼, 또한 어제의 실수에 집착한 나머지 오늘의 기쁨을 즐기지 못할
수도 있는 것처럼 우리 인간은 지속적인 칭찬과 격려, 확신에 대한
요구와 갈망으로 현재를 망칠 수도 있습니다.

아무것도 기대하지 않음으로써
비로소 중년이 되고 익명이 되는 것이다.
아무도 당신을 보아주지 않기에
당신은 멋진 자유를 얻는다.
그것은 좋은 것이다.
투명인간이 되어 아무에게도 발각되지 않은 채로
돌아다닐 수가 있으니까.

도리스 레싱 _ 작가

10월 17일

다른 사람의 눈에 띄기 위해 많은 시간과 노력을 들이는 사람들이
있습니다. 반면 자신의 목표가 분명하고 그 목표를 달성하는 길을
찾았기에 그것만으로도 평화로운 삶을 영위할 수 있다고 생각하
는 사람들은, 일이 제대로 풀리지 않아 부득이 목표를 포기해야만
하는 경우가 생기더라도 있는 그대로 자신의 모습을 받아들일 수
있습니다. 이러한 태도는 우리를 겸손하게 하고, 덜 비판하게 하
며, 우리가 높은 이상과 힘겨운 현실 사이에서 몸부림치는 다른 이
들과 똑같은 존재임을 깨닫게 합니다. 그렇게 되면 다른 사람들이
알아주건 알아주지 않건, 우리는 평화를 찾을 수 있을 것입니다.

자기 자신이 되는 것, 그리고 자기가 될 수 있는 것이
되는 것이야말로 인생의 유일한 목표이다.

로버트 루이스 스티븐슨 _ 작가

10월 18일

네 살짜리 여자아이가 저를 보고 "늙었다"라고 하더군요. 쉰아홉
살인 저는 자신을 전혀 늙었다고 생각하지 않았습니다. 그러나 그
아이는 제 손등의 핏줄이 드러난 것을 가리키며 "이것 보세요, 나
는 그런 거 없는데. 늙은 사람들만 있는 거예요"라고 하면서 "늙었
대요! 늙었대요!"노래를 부르며 뛰어다녔습니다. 그 아이는 늙은
것을 나쁘거나 슬픈 것으로 생각하지 않고, 그냥 재미있는 일이라
고 생각했던 것이지요. 사실 문제는 제게 있었습니다. 결국에는 그
아이 때문에 웃기는 했지만 말입니다.
오직 다른 사람들의 힘으로 어떤 위치에 올라설 수는 없습니다. 스
스로 거기까지 가야 합니다. 다른 사람이 자신에게 부여한 역할을
받아들이지 않기로 결심했다면 굳이 그 역할에 충실할 필요가 없
습니다. 그것이 곧 자긍심입니다.

나는 두 음표 사이의 쉼표입니다.

라이너 마리아 릴케 _ 시인

10월 19일

산다는 것은 하나의 예술입니다. 삶에서 체험하는 것들이 예술이 아니라 그 체험들을 어떻게 조화시키느냐가 바로 예술입니다. 음악에서와 마찬가지로 조화는 체험과 체험 간의 휴식기에 이루어집니다. 새로운 삶이 창조되는 것은 바로 그러한 휴식기입니다. 한 가지 체험이 끝나고 또 다른 체험이 시작되기 전, 그 막간에 가지는 시간은 참으로 소중합니다. 그러한 시간을 갖지 않으면 우리의 삶은 중심, 조화, 멜로디, 기쁨, 리듬이 없는 것이 되기 때문입니다. 그것은 음악이라기보다는 신경에 거슬리는 경적 소리나 까마귀 소리, 경찰차의 소리와 같습니다.

꽃은 열매를 위해 만개하지만,
열매가 열리면 꽃은 시든다.

카비르 _ 철학자

10월 20일

꿈을 내일로 미루는 것은 좋지 않습니다. 우리는 아이들이 자라고 학교를 졸업한 뒤에, 대출금을 다 갚고 난 뒤에, 은퇴한 뒤에 진짜 인생을 살 수 있을 거라고 생각합니다. 하지만 삶을 즐기기에 적절한 때란 따로 존재하지 않으며 지금 이 순간이 바로 그 때입니다.

제가 아는 한 여성은 마흔에 50가지의 꿈을 적은 목록을 만들고, 매년 한 가지씩 꿈을 이루기로 결심했지요. 올해 일흔여섯이 된 그녀는 36가지의 꿈을 이루었는데, 무척 행복하고 자유로우며 활기 넘치는 지혜로운 여성이 되어 있었습니다.

우리도 오늘 당장 그녀처럼 해보는 것은 어떨까요. 매일 맞이하는 새로운 날은 우리에게 24시간을 선물하니까요.

이 세상의 모든 변화와 성장 속에서
모든 생명체와 사물은 저마다의 역할을 갖고 있다.

프리초프 카프라 _ 물리학자

제43주 가을의 사과나무는 열매를 잔뜩 단 채로 늘어져 우리에게 선물을 건넵니다.

10월 21일

거의 매일 우리는 감당하기 어려운 상황, 혹은 사람들과 부딪치게 됩니다. 우리는 종종 그러한 것들을 다른 사람에게 떠넘기거나 그대로 내버려둡니다. 그러한 일에 부딪치게 될 때마다 우리는 다른 사람들이 우리에게 기대하는 것은 단지 최선을 다하는 것뿐이라는 사실을 기억해야만 합니다.

문제는 시간입니다. 훌륭한 일을 하는 것이 중요한 것은 아닙니다. 책임과 용기를 갖고 작은 일들을 말하고 행하는 것이 중요합니다. 그 누구도 나를 대신해서 성장할 수는 없으므로, 나의 성장에 꼭 필요한 경험이나 내가 책임져야 할 일들을 다른 사람에게 떠넘겨서는 안 되겠습니다.

그것이 무엇이든,
눈물의 영원한 상호작용을 공유하는
모든 것들이여…….

월프레드 오언 _ 시인

10월 22일

늘 편안한 침대에서 잠드는 사람이 집 없는 부랑자들의 삶을 이해
하기란 쉽지 않겠지요. 항상 걸을 수 있고, 볼 수 있고, 들을 수 있는
사람이 그렇게 하지 못하는 사람을 이해하는 것 역시 어렵습니다.
늘 자신의 삶을 마음대로 조종할 수 있는 사람이 갑자기 삶이 자신
의 통제권 밖으로 달아나는 상황을 이해하는 것도 어렵습니다.
그러나 자신의 나약함을 항상 염두에 두고 있는 사람이라면 다른
사람의 나약함을 쉽게 이해할 수 있습니다.
이것은 역동적인 과정입니다. 고통받는 사람에게 가까이 다가가면
그들이 우리의 진실, 연민, 유능함, 삶의 중심을 되돌려줄 것이며,
진정한 우리 자신의 모습을 되찾아줄 것입니다.

예수님은 우리에게
아무것도 두려워하지 말라고 말씀하셨습니다.
형제 자매 여러분, 제 말을 믿으십시오.
가난한 운명을 타고난 사람들은 엘살바도르의
가난한 이들의 운명을 피할 수 없을 것입니다.
그들의 운명이 무엇인지 우리는 알고 있습니다.
어느 날 갑자기 사라지고, 고문을 당하고,
감옥에 갇혔다가 시체로 돌아오는 것입니다.

오스카 로메로 _ 주교

10월 23일

사람들은 종종 집 없는 사람들이나 장애인, 죽어가는 사람들을 돕기 위해서는 매우 특별한 무언가를 타고나야 한다고 생각하는 것 같습니다. 그러나 사실은 전혀 그렇지 않습니다.

강한 척, 성공한 척 꾸미지 않는 가난하고 상처받고 연약한 사람들과 함께 일을 하다 보면 가면 뒤에 숨기고 있는 우리 자신의 모습을 보게 됩니다. 그들에게 가까이 다가서기 위해서는 가면을 버려야만 합니다. 그들은 우리에게 손을 비우고, 권위를 버리고, 마음을 드러낼 것을 요구합니다. 그들은 진정한 연민의 의미를 가르쳐 줍니다. 그들을 통해 우리는 가난하고 나약한 자들을 외면해서는 안 되며, 오히려 그들이 우리를 새로운 삶으로 이끌 수 있다는 사실을 깨닫게 됩니다.

사랑은 오래 참습니다. 사랑은 친절합니다.

사랑은 시기하지 않습니다. 사랑은 자랑하지 않습니다.

사랑은 교만하지 않습니다. 사랑은 무례하지 않습니다.

사랑은 사욕을 품지 않습니다. 사랑은 성을 내지 않습니다.

사랑은 앙심을 품지 않습니다.

사랑은 불의를 보고 기뻐하지 아니하고

진리를 보고 기뻐합니다.

사랑은 모든 것을 덮어주고 모든 것을 믿고

모든 것을 바라고 모든 것을 견디어냅니다.

고린토전서 13 : 4~7

10월 24일

비판하지 않고 사랑하는 것, 대가를 바라지 않고 용서하는 것, 단서를 붙이지 않고 우정을 맹세하는 것은 모두 조건 없는 사랑의 모습입니다. 조건 없는 사랑을 받을 때, 우리는 진정으로 사랑받는 것입니다. 그 사랑으로 인해 우리는 축복을 느끼며, 자신이 특별하고 선택된 사람이라고 느끼게 됩니다.

비록 힘든 일이지만 조건 없는 사랑을 다른 이에게 돌려줄 때, 우리의 영혼은 진정으로 풍요로워지며 너그러워집니다. 우리는 다른 이들에게 베푸는 것만을 간직할 수 있으며, 우리가 베푼 것들은 반드시 다시 돌아온다는 것을 깨닫게 됩니다.

잘못을 감추려 문을 닫으면
진실마저 들어오지 못하게 된다.

라빈드라나트 타고르 _ 시인

10월 25일

남편의 갑작스러운 죽음 이후 모든 것을 잃어버린 여인을 알고 있습니다. 그녀에게는 집도, 일자리도, 수입도 없었지요. 그녀는 그때의 기분을 이렇게 표현했습니다.

"거리를 걸을 때에도 너무나 수치스러웠습니다. 제 머리 위에 '집 없는 사람'이라는 네온사인이 켜져 있는 것만 같았지요."

사람들에게 꼬리표를 붙임으로써 우리는 그들에게 끔찍한 피해를 줍니다. 일자리가 없고, 가족이 없고, 친구가 없고, 집이 없는 사람들은 제게 그 사실을 깨닫게 해주었습니다. 어떤 사람이 무슨 일을 하고 무엇을 갖고 있는가로 사람을 판단하는 것은 쉬운 일이지요. 하지만 중요한 것은 그가 어떤 사람인가이며, 그 사실을 깨닫는 것은 평생이 걸릴 수도 있는 일입니다.

세상이 당신에게 권하는 것에 무조건 순응하기보다,
우리가 정말 원하는 것이 무엇인지를 아는 것이야말로
우리의 영혼을 살아 있게 한다.

로버트 루이스 스티븐슨 _ 작가

10월 26일

우리는 삶에서 저마다 다른 역할을 맡고 있습니다. 때로는 그 역할
들 때문에 우리 모두가 제각기 다른 상황에 처한 다른 사람들처럼
보입니다. 그러나 역할에 자신을 가두다 보면 진정한 우리 자신의
모습과는 멀어질 수도 있습니다. 서로 다른 상황에서 표출되는 우
리의 이미지가 상충할 때, 우리 자신과 다른 사람에게 혼란을 일으
킬 수도 있습니다.

그러한 혼란을 막기 위해서 우리는 모든 상황에 진실한 모습으로
임하려고 노력해야겠습니다. 나 자신의 모습을 제대로 이해한다
면, 자아의 어느 한 부분도 부정하지 않는다면 자신의 모습에 보다
편안함을 느낄 수 있을 것입니다.

우리가 느끼고 싶어 하는 사랑을
항상 느낄 수는 없습니다.
하지만 상상력을 발휘하여 행동하고
마음속에 그려보면서
존재하지 않는 것을 창조할 수는 있을 것입니다.
바로 그것이 내가 '도덕적 상상력'이라고
부르는 것입니다.

메리 캐롤라인 리처즈 _ 화가 · 시인

10월 27일

도덕적 상상력은 예술가들의 특별한 재능입니다. 그들은 세상의
고통과 재난에 항상 귀 기울이고 눈을 돌립니다. 바로 그러한 경험
으로부터 예술가들은 새로운 이미지를 창조합니다. 도덕적 상상력
이 없으면 연민도 없습니다. 나와 다른 삶의 방식을 상상하는 능력
이 있어야 타인의 고통을 그릴 수 있기 때문입니다.

그런 방식으로 상상력을 발휘하는 것은 단지 예술가들만의 몫은
아닙니다. 정치적 문제들의 해결책 역시 도덕적 상상력에 달려 있
습니다. 우리들 모두 저마다의 인지능력을 발휘하여 현실 속에서
고통과 부당함을 발견할 수 있어야 하겠습니다.

깨달음의 햇살이 인식의 강 위에서 빛날 때,
우리 마음은 변화를 일으킵니다.
강과 태양은 그 본성이 같습니다.

틱낫한 _ 승려

제44주 열매 속에는 씨앗이 있고 씨앗 속에는 열매가 있습니다. 올해 우리가 수확하는 것에는 내년에 뿌릴 씨앗이 들어 있습니다.

10월 28일

어렸을 때, 어머니가 헝겊 조각을 이어 만든 퀼트 이불이 있었습니다. 저는 그 이불을 정말 좋아했지요. 퀼트야말로 평범한 작은 것들이 갖고 있는 숨겨진 아름다움의 완벽한 발현이라고 생각했습니다. 버려질 수도 있는 작은 헝겊 조각들을 하나씩 이어 붙이면 제각각 다른 헝겊 조각들이 전혀 새로운 아름다움을 이루었습니다.

인간세계도 마찬가지입니다. 가난하고 무지하고 보잘것없는 사람들은 무시당하고 외면되고 소외되지만, 그들의 가치를 믿는 사람들과 만나는 순간에 그들의 특별한 재능과 아름다움은 마침내 빛을 발합니다.

우리의 재능에 대해 보장되는 것은 아무것도 없다.
중요한 것은 우리가 그 재능을 어떻게 사용하느냐이다.

매들렌 렝글 _ 작가

10월 29일

"전 못 해요. 그런 일은 특별한 사람들이나 하는 거잖아요." 우리
는 늘 이런 말을 합니다. 하지만 왜 그런지를 가만히 생각해보면
사실은 재능이 부족해서가 아니라 우리가 어떤 재능을 갖고 있는
지 모르고 있어서임을 깨닫게 됩니다.

어떤 일을 할 때 왠지 적임자가 아닌 듯한 기분이 드는 것도 좋은
경험입니다. 잠시 하던 일을 멈추고, 그 일을 할 수 없다고 생각하
는 이유가 무엇인지 곰곰이 생각해보게 되기 때문입니다.

우리는 우리의 능력에 맞는 일들에만 부름을 받습니다. 물론 처음
에는 그렇게 보이지 않겠지만 말입니다. 이 세상은 우리가 재능을
발견하고, 계발하고, 베풀수록 더 살기 좋은 곳이 됩니다.

그림자 없는 불빛은 없고, 불완전하지 않은 영혼은 없다.

칼 구스타브 융 _ 의사·심리학자

10월 30일

다른 사람 때문에 부담감이나 압박감을 느끼게 되는 경우가 있습니다. 그들은 우리를 필요로 하고 우리의 어깨를 누릅니다. 그들이 우리를 가만히 내버려두기만 하면 우리 자신의 잠재력을 마음껏 발휘할 수 있을 거라는 생각마저 듭니다. 반면 너무나 고독하고 외로울 때도 있습니다. 찾아가서 기댈 수 있는 사람이 있었으면 하고 바랍니다. 누군가가 우리를 생각해주기만 한다면 정말 행복해질 것 같고, 마음껏 잠재력을 발휘할 수 있을 것 같습니다.

사실 우리에게는 독립과 의존 두 가지가 모두 필요합니다. 우리에겐 다른 사람이 필요하지만 동시에 혼자일 필요도 있습니다. 진정한 자유는 우리에게 일체감과 분리감 두 가지 모두 필요하다는 사실을 깨닫고 인정하는 데서 얻어집니다.

무언가를 하나만 뽑아내려고 하는 순간,
우리는 그것이 이 우주의 모든 것과
연결되어 있음을 깨닫는다.

존 뮤어 _ 환경운동가

10월 31일

어렸을 때는 불가능이란 없는 것 같았습니다. 어린아이에게는 모든 것이 너무도 단순합니다. 사람들이 서로 사랑하기만 하면 되는 것이었으니까요. 나이가 들면서 우리는 세상의 복잡성을 이해하게 되고, 아이였을 때는 미처 알지 못했던 것들을 깨닫게 됩니다.

나이가 들어가면서 우리는 희망과 상상력, 어린아이 같은 열정에 의존하게 됩니다. 우리가 세상의 문제를 해결할 수는 없지만, 한 가지를 변화시킴으로써 나머지 세상의 모든 부분에 영향을 미칠 수 있음을 믿어야만 합니다. 비록 그 모든 것을 우리가 이해하지 못할지라도 말입니다.

11월 / 12월

한 해를 돌이켜보면서
우리가 얻은 것들에 감사하고
우리가 버린 것들을 기억합니다

11월과 12월은 우리보다 앞서간 사람들을 기억하고, 우리의 지난날을 기억하는 때입니다. 또 우리가 잃은 것들을 잊어야 할 때이기도 합니다. 겨울의 어둠과 황량함 속으로 들어서면서, 우리는 한 해를 돌이켜봅니다. 열두 달의 기쁨과 슬픔, 희망과 두려움, 사랑과 꿈을 생각합니다. 한 해를 접으면서 한층 더 진실해지고, 아름다워지고, 풍요로워진 정원을 감상하며 감사를 표합니다.

이 우주에서 침묵만큼 신의 모습과 닮은 것은
아무것도 없다.

마이스터 에크하르트 _ 신비주의자

11월 1일

겨울로 접어들면서 자연이 휴식을 취하는 '자연 안식일'을 맞이합
니다. 바쁜 일상 속에서 이곳저곳을 돌아다니고 수많은 일을 하는
가운데 우리는 많은 것을 놓치고, 은총을 누릴 기회를 잃었습니다.
안식일은 바쁜 일상에서 벗어나 신성한 시간을 갖는 것을 의미합
니다. 그 시간은 우리로 하여금 신의 은총을 향해 마음을 열고, 우
리 주위의 기적들을 깨닫게 합니다.

좋은 일들은 그것을
기억하려 하는 사람들에게 일어난다.

에밀리 디킨슨 _ 시인

11월 2일

우리가 기억하는 어린 시절의 추억은 대체로 그다지 유쾌한 것들
이 아닙니다. 똑바로 앉고, 입안에 음식을 넣은 채로 말하지 말고,
코를 후비지 말고, 재채기를 할 때는 반드시 양해를 구한 뒤 손으
로 입을 가려야 한다고 배웠던 것을 기억합니다.

창의성과 가치에 대한 인식, 자긍심 같은 것들은 모두 우리의 초기
사회화 과정과 그것에 대한 기억에 연결되어 있습니다. 따라서 어
린 시절의 즐거움을 기억해내는 것은 아주 중요한 일입니다. 진흙
속을 철벅거리며 걸었던 기억, 건초 더미 위에서 구르던 기억, 강
이나 바다에서 헤엄치며 놀던 기억, 바람을 맞으며 달리던 기억들
이 바로 그것입니다.

도울 마음이 있는 자만이 비판할 자격이 있다.

에이브러햄 링컨 _ 정치가

11월 3일

예수님은 제자들에게 말씀하셨습니다.

"너희는 왜 다른 이의 작은 결함은 알아차리면서 너 자신의 큰 결함은 보지 못하느냐?"

우리가 다른 사람의 좋은 점을 발견하지 못하는 이유는 우리 자신의 결함으로 눈이 멀었기 때문입니다. 부엌의 창이 더러우면 이웃집의 빨래가 더럽게 보이겠지요. 우리가 창문을 닦는 방법, 즉 시야를 깨끗하게 하는 방법은 우리 자신의 시야에 결함이 있음을 인정하고, 다른 이의 약점을 끄집어내는 대신 장점에 집중하는 것뿐입니다.

누군가를 사랑한다면 그를 놓아주어라.
그래야만 그들을 잡을 수 있다.

마크리나 위더커 _ 수녀

낙엽이 지면 우리는 그 잎새들이 푸르고 싱싱했던 때 누렸던 기쁨을 잊곤 합니다.

11월 4일

뿌리와 날개의 은유에 대해 들어보셨겠지요? 아이들에게 뿌리를 통해 자신의 정체성과 고유함을 깨우쳐주고, 그들이 삶에 대한 책임은 물론 자신의 감정과 태도, 사회에의 기여에 대해 스스로 책임지도록 날개를 달아주어야 한다는 것입니다.

우리 모두에게는 뿌리와 날개가 필요합니다. 그러나 삶은 뿌리와 날개의 끊임없는 갈등의 연속이 될 수도 있습니다. 제자리에 머물며 성장하고자 하는 욕망과 가능성을 펼쳐보고 꿈을 이루기 위해 멀리 날아가보고픈 욕망의 갈등입니다. 그러한 갈등을 해소함으로써 우리는 보다 깊이 뿌리를 내리고, 보다 자유롭게 날 수 있을 것입니다.

하느님의 세상에서 호흡을 가다듬고,
날개를 펴서 날갯짓을 하지만,
오직 성인들만이 하늘을 날 수 있다.

평범한 우리는 낭떠러지 앞에서 움츠러들거나
둥지가 있는 나뭇가지의 가장자리를 향해
조심스럽게 발을 내디딜 뿐이다.

데니스 레버토브 _ 시인

11월 5일

저는 강변에서 자랐습니다. 어렸을 때는 그 강이 무척 깊다고 생각
했었지요. 두 개의 바위 사이에 발이 떠 있는 순간은 늘 두렵고 불
안했으며 조마조마했습니다. 바로 그 순간 때문에 돌다리를 건너
는 일 자체가 큰 모험으로 여겨졌지요.
안전하고 경직된 삶을 새로운 세계로 이끌어주는 것은 기꺼이 다
른 바위로 발을 내디딜 수 있는 용기와 도전 의식입니다. 불안감은
고통스럽습니다. 그러나 앞으로 나아가고 보다 성숙해지고 싶다면
그 불안감을 이겨내야만 합니다.

영혼을 치유하는 것은 의식밖에 없다.
의식을 치유하는 것이 영혼밖에 없는 것처럼.

오스카 와일드 _ 소설가

11월 6일

고향은 우리의 감정이 스며들어 있는 주변 환경의 한 부분입니다. 대부분의 사람들은 여행을 좋아하고, 많은 곳을 여행하고 싶어 합니다. 그러나 평생을 살아왔기에 진정으로 알고 사랑하는 고향과 같은 곳은 어디에도 없습니다.

우리는 늘 고향을 그리워합니다. 고향 자체라기보다는 고향의 정경과 소리, 향취를 그리워합니다. 고향이 우리에게 하는 말에 귀를 기울이면 그것이 우리에게 무엇을 베풀고 있는지를 알 수 있습니다. 그러나 그렇게 하지 않으면 우리는 그저 다른 사람들처럼 그 마을의 방문객에 지나지 않습니다.

다른 이의 지혜로움을 아는 자는
그 자신이 깨달음을 얻은 것이다.

노자 _ 철학자

11월 7일

아이들에겐 본래 장난기가 있습니다. 자기들의 장난을 진지하게
생각하는 것이야말로 어른들과 구별되는 특성이겠지요. 아이들이
누리는 가장 큰 축복은 모든 일을 잘해야 할 필요가 없다는 사실
입니다. 아이들은 미끄럼을 타고 내려가거나, 물장구를 치거나, 그
네를 타는 것 자체를 즐깁니다. 그것을 잘해야 한다고 생각하지 않
습니다.

반면 어른들은 실패를 너무도 두려워하는 나머지 비보같이 보이
지 않을까 걱정하느라 제대로 즐길 줄을 모릅니다. 그러한 두려움
을 떨쳐버리고 어린아이 같은 즐거움을 느껴보기 위해, 그림을 그
리는 것과 같은 창의적인 활동을 해보는 것도 좋겠습니다.

나와 나의 것에 대한 집착이 사라졌을 때,
비로소 하느님의 뜻이 이루어진다.

카비르 _ 철학자

11월 8일

수 세기 동안 종교 단체들은 자신들이 모든 진실과 해답을 알고 있다고 믿었습니다. 그러나 영혼의 여행은 순례의 길이며, 순례의 길은 끊임없는 수행의 길이며, 목적지가 없이 계속되는 여정이며, 해답은 없고 탐구만이 있는 것이지요.

오만함은 쉽게 버려지지 않습니다. 그러나 순례의 길은 우리 자신이 과거에, 혹은 현재에 잘못을 저지를 수도 있다는 것을 인정하는 겸허함의 길입니다. 우리 자신이 성스러운 존재이며 진실을 알고 있다고 생각할 수도 있습니다. 자신이 남들과 다르다고 생각할 수도 있습니다. 다른 사람을 비판할 수 있다고 생각할 수도 있습니다. 그렇게 생각한다면 우리는 이미 의식하지 못하는 사이에 위선자가 되어가고 있는 것입니다.

이승과 저승 사이, 낮과 밤의 사이에서 헤매는
수평선의 별처럼 떠도는 우리네 인생이여,
우리가 정녕 누구인지 우리는 얼마나 무지한가!

조지 고든 바이런 경 _ 시인

11월 9일

우리로 하여금 죽은 자들의 장소를 돌아보게 만드는 것은 과연 무
엇일까요? 저는 우리가 중간 지대에 머무르고 있으며, 언젠가는
마지막이 오리라는 것을 알기 때문이라고 생각합니다.

우리는 항상 현재 속에서 삶을 이어가고 있으며, 마음속의 어딘가
에는 어둠과 고통 속에서도 희망을 잃지 않고 부활을 기다리는 영
혼이 존재합니다. 우리는 본능적으로 죽음과 삶이 하나이며, 죽음
이 영혼과의 이별을 의미하는 것이 아님을 알고 있습니다. 죽음은
우리가 알 수 없는 신비로운 방법으로 영혼의 세계로 접어드는 것
입니다. 죽은 이들의 영혼은 살아 있는 자들보다 더 가까이 있습
니다.

사랑의 빛은 모든 이의 마음속에 살아 있는 샛별과 같다.

인도 격언

11월 10일

얼마 전에 세계 각국의 사회, 경제, 종교 지도자들이 모이는 세미나
에 참석했는데, 세계적으로 유명한 한 전문가가 연설을 하게 되었
습니다. 그의 논조가 아주 분명했음에도 불구하고 왠지 아무것도
새로운 것이 없다는 느낌이 들었습니다. 저는 용기를 내어 손을 들
고 제 느낌을 말했습니다. 그러자 그가 말했습니다.

"물론 옳은 말씀이십니다. 이러한 기본적인 것들은 모두들 알고 계
시겠지요. 이런 것들은 영원한 불변의 진리이니까요. 그러나 중요
한 것은 우리가 그러한 불변의 진리를 주장하고 또 증명해야 한다
는 것입니다."

영원한 진리를 깨닫기 위해서는 마음을 비우고, 소박하게 해야 하
며, 영혼을 가꾸어 힘을 길러야 합니다. 영혼의 힘을 기르는 길은
저마다 다릅니다. 하지만 진리에 이르는 길을 찾았다면 어떻게 거
기에 도달했느냐는 중요하지 않습니다.

내 영혼은 제때에 씨 뿌려졌고,
아름다움과 두려움을 고루
양분으로 삼으며 자랐노라.

윌리엄 워즈워스 _ 시인

제46주 겨울잠을 자는 씨앗들은 우리에게 존재의 유한함과 가능성의
무한함을 깨우쳐줍니다.

11월 11일

농부였던 아버지는 여름이면 항상 건초용 풀을 바싹 말릴 수 있을
만큼 맑은 날씨가 계속 이어지지 않을까 봐 걱정하셨지요. 하지만
저는 그때의 두려움과 걱정을 아주 희미하게만 기억하고 있습니
다. 그보다 또렷하게 기억하는 것은, 여름철마다 풍겨왔던 새로 말
린 건초 냄새와 풀이 완전히 마르도록 뒤집어 놓으시던 아버지를
도왔던 일입니다.

좋은 기억들이 더 또렷한 것은 사실이지만, 두려움의 기억도 부정
하고 싶지는 않습니다. 어두운 기억을 떠올리면서 우리는 부정을
긍정으로 바꾸는 법을 배우고, 삶을 전체로서 이해하기 시작하며,
삶의 어둠과 그림자들이 인생을 보다 아름답게 만들어준다는 사
실을 배웁니다. 어둠과 그림자가 없으면 빛은 더 이상 빛일 수 없
기 때문입니다.

일단 결단을 내리면 우주 전체가
그 결단이 이루어지도록 도울 것이다.

랠프 월도 에머슨 _ 시인

11월 12일

기억하는 것도 중요하지만, 지나간 슬픔과 거리를 두기 위해서는
잊는 지혜도 필요합니다. 때로는 기억들을 감당하기 어려울 때가
있지요. 그 기억들은 우리가 조금 더 강해지기를 기다립니다. 우리
의 마음은 본능적으로 그러한 두려움을 존중합니다.
기억을 받아들일 준비가 되었을 때, 아주 작은 것들을 통해 기억이
되살아납니다. 그 작은 것들 속에는 우리에게 필요한 힘이 들어 있
습니다.

기억하라.

행복한 삶을 살기 위해 필요한 것은 거의 없다.

마르쿠스 아우렐리우스 _ 철학자

11월 13일

제가 태어난 마을은 린 부이라는 곳인데, 린 부이는 노란 언덕이라는 뜻입니다. 그 마을에는 유난히 수선화가 많이 피었기에 그런 이름을 갖게 되었지요. 수선화로 뒤덮인 들판은 제게는 사랑과 아름다움, 성스러움의 장소였으며, 위안과 평화의 장소였습니다. 그곳에서는 에너지가 솟는 듯했습니다.

수년 뒤 그때를 돌이켜보면 그 수선화 밭에서 저는 신비로운 힘을 느꼈던 것 같습니다. 어린아이였던 저는 마음을 활짝 열고 있었고, 한껏 그 축복을 누렸으며, 평생 동안 그 기억을 간직할 수가 있었습니다. 회색빛 도시에 갇혀 사는 지금도 가끔 그때의 기억을 떠올리며 제 영혼을 치유하곤 합니다.

사건과 사건 사이의 공백이야말로
진정한 삶이 이루어지는 시기이다.
기쁨과 슬픔, 두려움과 실망이
반쯤 남아 있는 그 시간이야말로
커다란 경험의 목걸이를 이루기 위해
하나의 끈에 꿰어져 있는 구슬들이다.

낸시 우드 _ 시인

11월 14일

무의식 속에서 어린 시절의 경이로움과 두려움, 그리움과 외로움을
기억합니다. 어렸을 때 어느 날 아침, 농장에서 이런저런 일들을 도
우며 소젖을 짜고 송아지에게 여물을 주고 강변으로 달아나는 오리
들, 꽥꽥거리는 암탉들을 바라보았던 기억이 있습니다. 그날의 기
억은 너무도 생생합니다. 지금도 저는 그 아침을 사랑합니다.
추억 속으로 들어서기 위해 우리는 시간을 갖고 침묵하면서 어떤
보물들이 추억 속에 감추어져 있는지 자신에게 물어보아야 합니
다. 그리고 그 대답에 귀를 기울여야 합니다.

'나의 왕국'을 버리는 것은
'하느님의 왕국'을 세우기 위해
반드시 필요한 일이다.
자아가 강할수록 신이 설 자리는
줄어들기 때문이다.

올더스 헉슬리 _ 소설가

11월 15일

고통은 때로는 몹시 견디기 힘들고, 때로는 견딜 만합니다. 고통은 일상에서의 장애물이나 짜증스러운 일일 수도 있고, 신체적, 정신적 고통이나 우울, 반감, 분노를 일으키며 꾸준히 계속되는 걱정거리일 수도 있습니다. 어떤 고통이건 간에 그것은 영혼의 성장에 도움을 줍니다. 물론 우리의 성장은 고통을 어떻게 인식하고 활용하느냐에 달려 있습니다. 적절하게 다루어진 고통은 우리의 삶을 변화시키는 힘이 됩니다.

우리의 근심과 고통을 우리에게 무언가를 가르쳐주러 온 손님으로 생각하면 어떨까요? 그리고 그 고통과 함께하면서 고통에게 도와달라고 부탁해보면 어떨까요?

사람의 마음은 그 자체가 하나의 장소이며,
지옥 속의 천국이 되기도 하고,
천국 속의 지옥이 되기도 한다.

존 밀턴 _ 시인

11월 16일

자연재해나 질병, 혹은 사회의 폭력에 의해 말할 수 없는 고통을
감내해야 하는 사람들이 있습니다. 아우슈비츠 수용소 사람들, 루
마니아, 소말리아, 캄보디아, 앙골라, 알제리, 르완다, 코소보, 북아
일랜드, 캘커타와 온두라스의 잊힌 사람들…….
엄청난 시련을 겪은 이들은 우리에게 많은 것을 가르쳐줍니다. 일
상 속에서 우리가 만나는 버림받은 사람들, 즉 집 없는 사람들, 죄
수들, 정신과 병동의 환자들, 가난한 사람들, 버려진 사람들은 사
실 훌륭한 사람들입니다. 우리가 그 고통의 이면을 볼 수 있다면
말입니다.

그곳에 도달하기 위하여,

가고자 하는 곳에 가기 위하여,

떠나야 할 곳에서 떠나기 위하여,

황홀함이 없는 곳을 지나야만 한다.

토머스 엘리엇 _ 시인

11월 17일

훌륭한 친구이자 조언자였던 버츠 주교가 갑자기 세상을 떴을 때, 저는 한 번도 경험해보지 못한 끔찍한 충격에 휩싸였으며, 말할 수 없는 상실감을 느꼈습니다. 그로부터 한참 뒤 저 자신이 병을 앓았을 때에도 극심한 무력감에 시달렸습니다.

그러나 그 고통의 순간마저도, 두렵기도 하고 한없이 좋으시기도 한 하느님을 만날 수 있는 신비로운 기회가 되었습니다. 고통은 피할 수 없는 것이지만 그것은 또 다른 삶의 방식을 창조합니다. 고통과 함께하며 그 가운데에서 진정한 우리 자신의 모습을 발견할 수 있다면 고통을 통해 보다 성숙한 인간으로 성장할 수 있을 것입니다.

우리가 가장 두려워하는 것은
우리의 무능함이 아닙니다.
그것은 우리가 가늠할 수 없을 만큼
강한 존재라는 사실입니다.
우리는 하느님의 자녀들입니다.
우리는 우리 마음속에 있는
하느님의 영광을 실현하기 위해 태어났습니다.
하느님은 우리 중 몇몇에게만 존재하시는 것이 아니라
우리 모두의 마음속에 계십니다.

넬슨 만델라 _ 정치가 · 운동가

제47주 눈 덮인 앙상한 나뭇가지는 완전하지 않은 우리의 모습도 아름답
다는 사실을 일깨워줍니다.

11월 18일

엄청난 시련을 이겨낸 위대한 사람들은 자신이 겪은 시련을 다른
이들에게 희망을 주는 데 이용합니다. 저는 그들이 내면의 힘과 지
혜를 따르며 살았다고 생각합니다. 사람들은 그들이 따랐던 것을
'성령'이라 부르기도 하고, '하느님'이라고 부르기도 합니다. 그것
은 우리 자신보다 큰 힘이며, 우리 안의 가장 좋은 것을 끌어내고
우리에게 영감을 주는 힘입니다.

시인들은 살아남지 못했지만,
그들의 작품은 그들이 살았던 암흑기의 증인이 되어
우리 곁에 남아 있습니다.

카롤린 포르셰 _ 시인·운동가

11월 19일

지나간 일들을 회고하면서 과거를 정리해보는 것은 반드시 필요한 일입니다. 우리가 어디에서 왔는지를 아는 것은 우리가 어디로 가야 하는지를 깨닫는 데에 큰 도움이 되기 때문이지요. 개인뿐 아니라 국가나 문화 집단의 경우에도 역사를 회고하고, 자신들의 고통, 가난, 굶주림, 그것을 이겨내게 했던 힘을 기억하는 것은 중요합니다. 억압과 착취의 시기에는 시인이나 소설가들이 그러한 이야기들을 남김으로써 후세의 사람들에게 자신들이 목격한 것들을 증언하곤 하지요.

과거로 돌아가봄으로써 우리는 현재의 삶에 보다 충실할 수 있으며, 더 나은 미래로 나아갈 수 있습니다.

정신 차려 스스로 삼가고 조심하여라.

너희가 두 눈으로 본 것들을 명심하여

잊지 않도록 하여라.

평생토록 그것들이 너희의 마음에서

사라지지 않게 하여라.

그리고 그것을 자자손손 깨우쳐주어라.

신명기 4 : 9

11월 20일

추억은 스스로 그 경계를 넓혀갑니다. 어머니가 연로하셨을 때, 아주 오래전 일을 불과 몇 시간 전의 일처럼 이야기하곤 하셨습니다. 시간을 혼동하고 계신 것은 사실이었지만, 어머니의 기억은 참으로 또렷했습니다.

추억이 있다면 인생에서 잃은 것은 아무것도 없습니다. 추억의 창고 속에 우리가 살아오면서 겪었던 모든 일들과 우리가 만났던 모든 사람들을 저장해두고, 아무 때나 찾아볼 수 있을 테니까요. 추억 속에서 우리는 어린아이이고, 젊은이입니다. 추억은 햇빛에 반짝이는 다이아몬드와 같습니다. 추억이 있는 한 우리는 결코 외롭지 않습니다.

현자의 고요한 마음은 천국과 지상의 거울이며
삼라만상이 담긴 유리잔이다.

장자 _ 철학자

11월 21일

기도는 기도문을 외우는 것과는 다릅니다. 깨어 있을수록, 그리고 살아 있을수록 우리가 하는 모든 일은 기도가 됩니다. 기도하는 마음이 살아 있음의 가장 높은 경지라면 그 경지에 도달하기 위한 출발점은 언제 어디서나 가장 충실하게 사는 그 순간일 것입니다. 그것은 우리가 성서 구절을 암송하는 순간일 수도 있고, 먹거나 마시는 순간일 수도 있습니다. 열린 마음, 감탄하는 마음으로 산책을 할 때일 수도 있습니다. 중요한 것은 기도하는 마음이지 기도문이 아닙니다.

하지만 기도문도 그 역할이 있습니다. 기도문은 기도하는 마음을 표현하고 싶은 우리의 욕망을 채워줍니다.

그것은 작고 평평하고 빳빳한,
사각의 종이에서 일어나는 기적이다.
새로운 세상을 끝없이 차례로 펼쳐 보인다.
그 세상은 우리에게 노래를 불러주고,
위로와 휴식을 주고, 자극을 주기도 한다.
책은 우리가 누구인지,
어떻게 처신해야 하는지를 이해하는 데 도움을 준다.

앤 라모트 _ 소설가

11월 22일

제가 속해 있는 아일랜드 자선 수녀회를 창설한 메리 아이켄헤드
는 기아와 질병, 콜레라가 만연하던 시기에 가난한 이들을 돕기 위
해 헌신적이고도 유익한 단체를 세웠습니다. 그녀는 수백 장의 편
지를 통해 19세기 초 아일랜드에 대한 통찰력을 사람들에게 전파
하였고, 절망에 빠진 이들에 대한 사랑을 보여주었습니다. 그러한
편지들을 통해 우리 수녀회는 우리가 누구이며, 어디서 왔으며, 어
떤 사명을 갖고 태어났는지를 지금처럼 충분히 이해할 수 있었습
니다.

고통에 집착하다 보면 결국에는 자신을 학대하게 된다.

레오 버스카글리아 _ 교육학자

한 여성이 자신과 어머니의 관계를 이렇게 표현했습니다.

"무덤 속에서도 어머니가 저를 야단치는 소리가 들리는 것 같아요."

모든 인간은, 심지어는 부모와 좋은 관계를 유지하고 있는 사람들까지도 보다 성숙한 인간으로 거듭나기 위해서 부모로부터 자유로워질 필요가 있습니다. 마음껏 잠재력을 발휘하고 싶다면 우리를 옭아매는 것들을 과감히 끊어버려야 합니다.

우리가 부모가 되어 부모 노릇을 배우고 마침내 자식들의 성숙을 위해 그들을 떠나보낼 때, 비로소 우리는 부모를 한 사람의 인간으로 이해할 수 있게 되고, 그들에게 불가능한 것을 기대하지 않게 됩니다.

나 자신 이외에는 아무도 그 피해를 보상할 사람이 없다.
내가 저지른 실수로 가장 큰 고통을 받는 사람은
바로 나 자신이다.

성 베르나르두스 드 클레르보

11월 24일

고통에 대한 거부감은 자칫 우리를 고통에서 격리시킬 수 있습니다.
때로 우리는 다른 이의 고통에 마음을 열었다가도 너무나 두려운
나머지 재빨리 마음을 닫아버리고, 자연스러운 마음의 발로를 거부
감으로 대체합니다.

그러나 고통은 우리를 앞으로 나아가게 하고, 성장하게 하며, 발전
하게 합니다. 우리는 고통의 경험을 공유할 때에만 서로를 치유할
수 있습니다. 자신의 고통을 인정하고 포용할 때에만 다른 이의 고
통과 슬픔을 나눌 수 있습니다.

상처를 갖고 있는 치유자야말로 진정한 치유자입니다. 자신의 고통
을 받아들일 수 없는 사람은 치유할 수도, 치유될 수도 없습니다.

인생은 영혼으로 사는 것이며
다른 것은 아무것도 없다.
사랑과 웃음이 늘 함께하지만,
고통과 번뇌 역시 마찬가지이다.

켄 윌버 _ 작가

제48주 자연의 조화와 균형이야말로 크리스마스의 물질주의에 대한 가장 효과적인 처방입니다. 자연은 우리의 마음을 열어주지만 결코 지나친 부담을 주지 않습니다.

11월 25일

진정으로 가치 있는 것들 중 고통 없이 얻어지는 것은 거의 없습니다. 우리의 고통이 정신적, 육체적 질병으로 인한 것이건, 다른 사람들의 반대로 인한 것이건, 혹은 어려운 결정을 내리기 위한 것이건 상관없습니다. 그러한 고통 없이는 발전도 없습니다.

고통을 직시하고 분명히 인식하는 것은 쉽지 않은 일입니다. 그러나 고통 속에 감추어진 가능성을 보기 위해서는 그것이 유일한 방법이지요. 그렇게 우리는 천천히 고통과 함께 움직이면서 그것이 이끄는 대로 따라가야 합니다. 그 여행이 아무리 더딜지라도 자기자신과 고통에 충실하다면 발전과 평화의 길로 이끌어질 것입니다.

인간의 영혼이 이 세상 없이도 하느님을 알 수 있었다면
세상은 창조되지 않았을 것이다.

마이스터 에크하르트 _ 신비주의자

11월 26일

창세기는 하느님이 세상을 창조하시고 그 안의 모든 것을 만드셨
을 뿐 아니라 휴식까지도 창조하셨음을 보여줍니다. 유대교는 안
식일이 부자와 가난한 자 모두에게 노동의 고달픔에서 해방될 수
있는 하루를 부여함으로써 그들을 동등하게 한다고 가르칩니다.
안식일은 또한 야훼께서 세상을 창조하신 뒤에 당신의 일을 평가
하셨듯이, 우리가 한 일이 잘된 것인지 되새겨볼 시간을 줍니다.
궁극적으로 안식일은 삶의 의미를 되새겨보는 시간인 셈이지요.
오늘날 안식일은 그 어느 때보다도 중요하게 여겨집니다. 현대사
회에서 우리는 심신이 병들 만큼 일에 몰두하며 살기 때문입니다.

내 안에서 영원의 북소리가 들린다.

그러나 귀가 먹어서 그 소리를 들을 수 없다.

카비르 _ 철학자

11월 27일

작년에 신부님들과 함께 묵상 시간을 갖게 되었습니다. 저는 그들에게 희망을 상징하는 것들을 찾아보라고 했지요. 그들은 곧 놀라운 희망의 상징들을 발견해냈습니다. 불빛이나 자연과 대지 외에 그들이 만들어낸 것들도 있었습니다. 재미있는 것은 희망의 상징으로 선택한 사물에 대한 그들의 설명이었습니다. 그들의 상징은 모두 추억과 연관되어 있었습니다.

다시 말해서 그들에게 미래의 희망을 상징하는 것은 과거에서 의미를 부여받은 것들이었습니다. 그들은 기쁨의 순간들을 떠올리고 있었고, 그 순간 오랫동안 떠나 있었던 희망이 다시 돌아온 것입니다.

뛰어난 아이디어는 빛이 아닌 어둠 속에서
더 많이 생산된다.

에드먼드 버크 _ 정치가

11월 28일

"보라. 모든 것을 새롭게 하였노라."

하느님은 우리에게 말씀하십니다. 이 우주는 참으로 끊임없이 자신을 새롭게 하고, 한 번도 존재하지 않았던 것을 탄생하게 합니다.

어떤 사람들은 예측이 불가능한 상황을 두려워합니다. 그러나 삶이 우리에게 선사하는 것들을 기꺼이 체험할 준비가 되어 있다면 우리는 예측할 수 없는 상황조차 기꺼이 받아들일 수 있게 됩니다. 그렇게 되면 앞으로 닥칠 일을 예견하지 못하는 상황이 곤경으로 여겨지기보다는 창의성의 원천이 되고, 하느님을 인식하는 기회로 생각될 것입니다.

기쁨을 갖게 되거나 권력을 갖게 될 것이다.
그러나 그 둘을 다 가질 순 없으리라.

랠프 월도 에머슨 _ 시인

11월 29일

고요함 속에서 꽃이 피어나고, 고요함 속에서 꽃이 집니다. 우리 존재 깊은 곳에는 우리 자신을 위해 보존된 고요한 장소가 있습니다. 그곳은 하느님이 지켜주시는 성스러운 내면의 장소입니다. 그 장소를 찾는 것은 저마다의 몫이지요. 상심하고 상처받았을 때, 마음이 공허할 때면 우리는 그곳으로 숨어듭니다. 그러나 바로 그 공허함 속에서 우리는 아름다움에 이르는 길을 찾고, 보다 강하고, 사랑이 넘치며, 지혜롭고, 아름다운 인간으로 변화할 수 있습니다.

애벌레가 생을 마감하는 순간, 조물주는 나비를 부른다.

R. 블랙

11월 30일

일을 하는 것에 몰입하기보다는 존재 자체에 몰입할 때, 결단을 내리는 것에 관심을 갖기보다는 우리의 갈망이 서서히 차오르기를 기다릴 수 있을 때, 이성과 논리에 집착하기보다는 직관을 따를 때, 어떤 일을 하는 이유를 생각하기보다는 우리가 하는 일 자체를 생각할 때 비로소 자신의 능력과 창의성을 발견할 수 있습니다.

하느님을 찾으려 안달하기보다는 하느님이 우리를 찾으시는 일상의 모든 장소를 인식할 때, 우리는 비로소 편안한 삶의 태도를 가질 수 있으며, 지배하려 하거나 욕심을 내지 않고, 마음을 열고 겸허하고 공손한 마음으로 살아갈 수 있을 것입니다.

제대로 교육받은 아이는
아무것도 보이지 않을 때
가만히 앉아서 볼 줄 알고,
아무 소리도 들리지 않을 때
가만히 앉아서 들을 줄 안다.

아메리카 원주민 격언

12월 1일

아이들은 자기들이 하고 있는 일에 완전히 몰입하고 싶어 하며 그럴 능력이 있습니다. 하지만 종종 어른들이 쫓아와 아이들을 경이로움의 세계, 카이로스의 시간에서 끌어냅니다. 그러고 보면 어른이 되었을 때 더 이상 가만히 멈추어 서서 무언가를 바라볼 수 있는 능력을 잃어버리는 것은 너무도 당연합니다. 신비로움을 느끼는 감각마저 잃어버리는 것도 당연하지요.

현재를 음미하는 감각을 회복하기에 너무 늦은 때란 없습니다. 우리 마음속의 어린아이는 집중력과 경이로움을 조화하여 마음의 눈으로 세상을 보는 능력을 결코 잃어버리지 않기 때문입니다.

지구라는 커다란 오지그릇 안에는
수많은 숲과 은둔처가 있는데,
바로 그 속에 창조주가 계신다.

카비르 _ 철학자

제49주 아름다운 것들을 떠올리는 것만으로도 놀라운 치유력이 있습니다. 붉은 산딸기를 바라보면서 우리는 산딸기의 가시를 잊습니다.

12월 2일

휴식은 결코 수동적인 행위가 아니라 보다 충만한 삶을 위하여 하느님과 함께하는 것입니다.

반복되는 일상에서의 의무감 때문에 우리의 나날들은 때로는 무뎌지고, 때로는 주눅이 듭니다. 그러나 시간을 갖고 아무것에도 방해받지 않는 상태로 귀 기울여보면 우리는 영혼의 움직임을 느낄 수 있으며, 보다 올바른 결정을 하게 됨으로써 마음의 평화를 얻을 수 있습니다.

하던 일을 멈추고 귀를 기울여보는 것이야말로 복잡한 일상에서 하느님을 만나는 방법입니다. 특히 삶의 리듬이 달라지거나 정신적 시련에 부딪혔을 때 보다 큰 도움을 얻을 수 있습니다.

음악에 너무 몰입한 나머지
음악 소리가 귀에 들어오지 않는다.
음악이 흐르는 동안에도
그대가 곧 음악이므로.

토머스 엘리엇 _ 시인

12월 3일

라틴 문화권에서는 평화를 '트랜퀼리타스 오르디니스Tranquillitas ordinis', 즉 '질서 속의 고요함'이라고 정의합니다. 그것은 촛불의 불꽃입니다. 불길은 끊임없이 움직이며 훨훨 타오르지만, 그 고요함과 질서 속에서 우리의 마음은 한없이 편안해집니다. 바퀴도 그러합니다. 엄청난 속도로 돌아가지만 그 중심은 고요하고, 끝없이 출렁이는 강물 역시 잠시도 제자리에 머무르지 않습니다.

타오르는 촛불을 바라보는 것, 돌아가는 바퀴를 관찰하는 것, 강물이 흐르는 소리에 귀 기울이는 것은 모두 마음에 평화를 주고, 진정한 자아를 발견하고 그 자아와 함께하게 해줍니다.

곤경에 처한 사람을 보거든
그가 당신과 똑같은
사람이라는 사실을 기억하라.

세네카 _ 철학자

12월 4일

대부분의 사람들은 가난 때문에, 혹은 고통이나 상실감, 내면의 갈
등 때문에 우울해지곤 합니다. 우울이란 긴 복도를 혼자 걸어서 마
침내 복도 끝의 문에 이르렀는데 그 문이 잠겨 있는 것입니다. 문
이 잠겨 있음을 깨달았을 때 생각해야 할 것은, 복도를 걸어오면서
우리가 많은 문들을 그냥 지나쳤다는 사실입니다. 그 문들은 바로
우울함에 빠진 우리의 곁을 지켜주는 많은 사람들입니다.
출구는 있습니다. 단지 우리가 너무도 극심한 우울함에 사로잡힌
나머지 출구를 보지 못한 것뿐이지요. 복도를 혼자 걸어야 할 이유
는 없습니다. 힘겨운 나날을 견뎌내기 위해 우리가 반드시 명심해
야 할 사실입니다.

환난의 시기에는 가장 지혜로운 사람도
거짓 진리의 덫에 걸린다.

윌리엄 셰익스피어 _ 작가

12월 5일

마음의 소리에 귀 기울인다면 선택을 하고 결단을 내리기가 훨씬
수월할 것입니다. 옳지 못한 방향으로 가고 있다면 우리는 방황할
것이며, 길은 어둡고 혼란스러울 것입니다.

완벽한 결정이란 존재하지 않습니다. 삶은 언세나 수정처럼 투명
할 수는 없을 테니까요. 누구나 한두 번쯤은 자신의 결정이나 선택
을 두고 후회하게 됩니다. 하지만 마음에 귀 기울이고 옳고 그름에
대한 감각을 믿는다면, 그리고 다른 사람들이 어떻게 생각할지, 다
른 사람이라면 어느 쪽을 선택할지를 접어둔다면 우리는 훌륭한
결단을 내릴 수 있을 것입니다.

모든 투쟁은 잃었던 것을 되찾기 위한 것이다.

찾고 빼앗기고, 다시 찾고 또 빼앗긴다.

어느 쪽도 잃는 것도 얻는 것도 없다.

우리는 그저 끝없이 투쟁할 뿐이다.

우리의 삶에 휴식이란 없다.

토머스 엘리엇 _ 시인

12월 6일

경쟁적이고 소비 지향적인 오늘날의 사회 풍조에 사람들은 지쳐 가고 있습니다. 사람들은 이제 어떻게 하면 극단적인 개인주의 사회를 변화시킬 수 있을지 자문합니다.

저는 우리가 사는 시간과 공간의 주인이 바로 우리 자신이라는 생각으로 그 문제를 해결할 수 있을 것이라고 믿습니다. 우리의 운명은 우리에게 달렸습니다. 오늘 여기서 일어나는 일은 모두 우리의 책임입니다. 중요한 것은 위대한 일을 하는 것이 아닙니다. 책임감과 용기를 갖고 작은 일들을 행하고 말하는 것입니다.

나의 비밀은 바로 이것이다.

무엇이든 제대로 보려면 마음의 눈으로 보아야 한다.

정말 중요한 것은 눈에는 보이지 않는다.

앙투안 드 생텍쥐페리 _ 소설가

12월 7일

사람과 사물에 대해 가지고 있는 생각은 태도에 영향을 미칩니다. 태도는 반응에 영향을 미치고, 반응은 다시 우리가 접촉하는 사람들, 혹은 처한 상황에 영향을 미칩니다.

집 없는 이들을 술주정뱅이라고 생각한다면 그들을 돕거나 함께 일하고 싶지 않을 것입니다. 그리한 태도는 그 사람들로 하여금 스스로 쓸모없는 존재라는 생각을 갖게 만들 것입니다.

반면 그들을 비록 지금은 불운으로 좌절했으나 다른 사람들과 마찬가지로 무한한 잠재력을 가진 사람으로 생각한다면 그들을 대하는 태도는 달라질 것이며, 우리의 긍정적인 생각이 그들로 하여금 자신의 가능성을 깨닫게 해줄 것입니다.

노동 뒤의 단잠, 폭풍 뒤의 고요함, 전쟁 뒤의 평화,
삶 뒤의 죽음은 커다란 즐거움이다.

에드먼드 스펜서 _ 시인

12월 8일

제가 태어난 아일랜드 남서부 딩글에서는 '죽었다'라는 표현을 쓰
지 않습니다. 대신 '진리의 나라로 떠났다Imithe arslí na fírinne'라고 합
니다.

죽음을 부정하는 것이 아니라 그것을 삶의 자연 주기라고 생각하
는 것입니다. 살아 있고 성장하는 모든 것들은 시작과 끝, 씨 뿌리
고 수확하는 주기의 일부입니다. 죽음에 대한 두려움은 그러한 자
연의 질서와 흐름을 거부할 때 생겨납니다.

세계적으로 유명한 정신과 의사인 엘리자베스 큐블러 로스 박사
는 죽음을 '아름다움과 조화의 세계로의 자연스러운 전이'라고 말
합니다. 때가 되면 누구나 그 관문을 지나야 합니다. 그 문은 우리
가 이해할 수 없는 평화로움의 세계로 우리를 이끌 것입니다.

당신이 원하는 것은
아주 귀하고 또 구하기 어려운 것,
그러나 바로 당신 곁에 있다.

라라 _ 시인·신비주의자

제50주 시간을 갖고 기꺼이 자신의 능력을 계발하려 할 때 우리는 겨울 속에서 여름을 발견합니다.

12월 9일

내면의 아름다움은 우리의 눈과 미소, 표정, 몸짓, 편안함, 따뜻함, 기쁨, 근심에서 묻어나옵니다. 우리는 어떻게 보이고 어떻게 느껴야 하는지, 어떤 옷을 입고 어떻게 걷고 어떻게 말해야 하는지에 관해 다른 사람들이 부여한 이미지에 우리의 모습을 끼워 맞추려고 애를 쓰면서 본연의 아름다움을 망가뜨립니다.

자신에 대한 불만으로 괴로워하기보다는, 인생이라는 여정을 위해 우리에게 주어진 아름다운 예술품인 우리 자신의 옷을 입음으로써 보다 기쁜 삶을 살 수 있을 것입니다.

자아 속의 자아, 너는 단지 나일 뿐이다.
자아 속의 자아, 나는 단지 너일 뿐이다.

라라 _ 시인 · 신비주의자

12월 10일

놓아주는 것이야말로 우리의 가장 강한 본능인 자기보존의 욕구에 정면으로 도전하는 것입니다. 모호함 속에서 살아가기란 쉽지 않습니다. 우리는 모두 확실한 것을 갈망합니다. 그러한 갈망은 우리로 하여금 미지의 것에 대해 몹시 불안해하게 합니다. 무언가를 버렸을 때, 깨달음을 얻기 전까지는 알 수 없는 외로움과 회의, 위기감에 시달립니다.

그러나 그 시간을 성실하게 견디어냈을 때, 무언가를 채우려 손을 뻗지 않고 그 공허함을 견디어냈을 때, 우리는 새롭게 태어납니다. 어둠은 탄생을 준비하는 자궁과 같습니다. 놓아주는 것은 마음을 비우고, 기다리고, 죽고, 태어나는 것입니다. 새로운 생명은 놓아주는 것에서 시작됩니다.

당신의 마음속에는
당신이 잘 알지 못하는 예술가가 살고 있다.

잘랄루딘 루미 _ 신비주의자

12월 11일

자신을 괴롭히는 힘으로부터 벗어나고 싶은 욕망은 누구에게나
있게 마련이지요. 모든 욕망에는 마음을 비울 줄 아는 지혜가 필요
합니다. 우리의 불완전함을 인정하고 받아들이는 것은 일종의 죽
음입니다. 마음을 비우는 것은 자유의 강물 속으로 몸을 던지는 것
이며, 파도 밑으로 가라앉으며 오히려 편안함을 찾는 것입니다.
우리 마음속에는 두려움의 법칙과 사랑의 법칙이 있습니다. 사랑
의 법칙은 우리에게 이상한 진리를 가르쳐줍니다. 우리가 버린 모
든 것들이 결국에는 다시 우리에게로 되돌아오며, 우리의 사랑이
더욱 커지게 만든다는 진리입니다. 그것은 바로, 살아서 우리가 버
렸던 것만을 죽을 때 가져갈 수 있다는 진리이기도 합니다.

너는, 너보다 앞서간 사람들이 겪었던 것과
같은 시련을 겪지 않고 기쁨의 정원에
들어갈 수 있다고 생각하느냐?

코란

12월 12일

기쁨과 온전함이 그렇듯이 고통과 상처 역시 우리 자신의 일부입니다. 자신의 상처에 손을 뻗어 그것을 보듬어주기란 쉽지 않습니다. 하지만 그렇게 하고 나면 우리의 상처는 어느새 아물어버리지요. 중세의 신비주의자들은 어둠의 중요성에 대한 글을 남겼습니다. 그들은 침묵과 슬픔, 고통을 진정한 자아에 이르는 길이라고 정의했습니다. 고통은 우리가 그것을 포용했을 때, 그리고 그것이 우리를 부러뜨리지 않을 것임을 믿을 때, 우리를 변화하게 만듭니다. 왜냐하면 인간은 부러지는 사물이 아니며, 가슴속에 한껏 성장할수 있는 힘을 갖고 있는 존재이기 때문입니다.

거의 모든 것을 버린
완전한 단순함의 상태에서
비로소 모든 것이 평안할지니.

토머스 엘리엇 _ 시인

12월 13일

기독교인들은 예수님의 삶을 귀감으로 삼아야 합니다. 예수님은 모든 위험을 감수하셨고, 버림받고 거절당했으며, 배신당하고, 단지 예수라는 이유만으로 살해되셨습니다. 예수님은 마땅히 그래야 할 사람들에게 올바른 질문을 던지셨으며, 올바른 일에 앞장서셨기 때문에 십자가에 못 박히셨습니다.

예수님의 삶을 본받는다는 것은 결코 쉬운 일이 아닙니다. 그러나 거짓을 버리고 정직과 성실함으로 살아간다면 우리는 자유와 진실을 얻을 것입니다. 우리를 눈멀게 하고 우리를 옭아매는 위선과 마음의 장벽, 거짓을 던져버릴 때, 우리는 영원한 자유를 얻을 것이며 그 누구도 우리에게서 그 자유를 빼앗을 수 없을 것입니다.

나는 말을 아낌으로써 나 자신을 부유하게 만든다.

헨리 데이비드 소로 _ 시인·사상가

12월 14일

우리는 늘 완전한 사람이 되어야 한다고 배워왔습니다. 그러나 빈틈이 있어야 사랑받을 수 있고, 허점이 있어야 격려를 받게 마련입니다. 마음을 열고 마음을 비워야만 우리 자신을 믿을 수 있고, 우리 자신의 아름다움과 풍요로움을 탐험할 수 있습니다.

받는 것보다 주는 것이 훨씬 더 쉽습니다. 줌으로써 우리는 스스로를 다스릴 수 있기 때문입니다. 그러나 마음을 열고 비우기 위해서는 받는 법도 배워야만 합니다. 그래야만 진정으로 이해받을 수 있으며, 친구들과 사랑하는 이들에게 감사하는 마음, 당연하게 받아들였던 사물이나 사람들을 새롭게 바라볼 수 있는 능력, 우리에게 주어진 모든 것에 감사하는 마음과 같은 특별한 선물을 받을 수 있습니다.

20년이 흘렀건만 나는 아직도 길 위에 서 있네.
양대 세계대전 사이, 내가 허비한 20년.
정확한 단어를 고르기 위해 그렇게도 애를 썼건만
나의 노력은 매번 전혀 새로운 시작이었고
매번 전혀 다른 실패였나니.

토머스 엘리엇 _ 시인

12월 15일

여행을 하는 것은 흥미롭기도 하지만 한편으로는 두렵기도 합니다. 여행을 통해 우리는 안락하고 편안한 곳을 벗어나 미지의 세계로 향합니다. 내면의 여행은 위대한 탐험가들의 여행만큼 극적이지는 않을지 몰라도 여전히 새로운 세계의 탐험입니다.

마음속의 악마와 대면하고 나약함과 단점을 인정했을 때, 우리는 뜻밖의 선물을 받게 됩니다. 안전지대에서 벗어나 진리의 길을 걷다 보면 마음속 미지의 대륙에서 상상하지 못했던 아름다움과 진리의 보석을 발견하게 될 것입니다.

하루하루가 아무리 끔찍해도 나는 이렇게 말한다.
오늘이 아닌 내일 슬퍼하겠다고.

나치 수용소의 어느 어린이

제51주 크리스마스 트리는 이 세상과 우리 마음속에 존재하는 기쁨의 표현입니다.

12월 16일

오늘을 산다는 것은 도전이고, 모험이며, 일종의 믿음입니다. 대부분의 사람들이 삶은 계획하는 것이라고 배우며 자랍니다. 학교에서 우리는 시험을 위해 더 많이 준비할수록 더 좋은 결과를 얻게 된다고 배웠습니다.

그것은 사실입니다. 그러나 지금 이 시간을 위해서 살아야 할 때도 있지요. 현재에 충실한 것이야말로 미래를 준비하는 길입니다. 어제를 후회하고 내일을 준비하는 대신 오늘 이 순간, 이 사랑을 한껏 누리는 것도 용기가 필요한 일입니다.

현재에 충실한 삶은 한편으로 편안함을 주기도 합니다. 내일을 접어두고 오늘을 충실하게 삶으로써 우리는 보다 행복해지고 자유로워질 것입니다.

눈부신 하루를 보라!
그 어떤 옷이 이처럼 아름답고 성스러울 수 있는가!

라라 _ 시인·신비주의자

12월 17일

수년 동안 수녀복을 입고 지내다가 그것을 입지 않아도 된다는 통보를 받았을 때 무척 기뻤습니다. 수녀복을 입지 않음으로써 형식에 얽매이는 태도를 버릴 수 있을 거라고 생각했기 때문이지요. 하지만 얼마 안 가서 저는 이렇게 중얼거렸습니다.

"수녀복을 입을 수 있으면 훨씬 더 편할 텐데. 옷을 고르는 데 시간을 낭비하지 않아도 되고, 상황에 맞게 옷을 잘 입었는지 신경 쓸 필요가 없을 테니까."

계절과 상황에 맞는 편안한 옷차림을 할 수만 있다면 너무 걱정할 필요가 없습니다. 외모에 대한 지나친 관심은 우리가 진정 누구인지를 표현하는 데에 방해가 되니까요.

나는 내가 있어야 할 곳에 있음으로써 배움을 얻는다.

시어도어 뢰스케 _ 시인

12월 18일

종교적으로 해석될 수도 있고 그렇지 않을 수도 있지만, 어쨌든 우리가 이 세상에 태어난 것은 우리의 잠재력을 마음껏 발휘하기 위해서입니다. 따라서 우리는 먼저 자신을 발견해야 합니다. 매일 우리가 왜 이 땅에 태어났는지를 질문하고 그 답을 찾지 않으면 완전한 진리를 얻을 수 없습니다. 그것이 바로 우리가 평생에 걸쳐 노력해야 할 일입니다.

인간은 영원을 생각하면서도 시간을 허망하게 보낸다.

오스카 와일드 _ 소설가

12월 19일

씨를 뿌리는 사람은 희망 속에 삽니다. 그는 무슨 일이 닥쳐도 좌절하지 않습니다. 씨를 뿌리는 것은 신뢰와 확신을 갖고 사는 것입니다.

인간세계의 모든 일은 생산을 하는 것에만 초점이 맞추어지는 경향이 있습니다. 하지만 꼭 그것만이 훌륭한 방법은 아니지요. 씨 뿌리는 사람이 수확만을 생각한다면 대지에 모든 것을 맡겨야 하는 그 과정은 무의미해질 것입니다. 사실 씨를 뿌리는 것은 모든 것을 맡기는 것입니다. 우리가 하는 일이 진정으로 보람 있는 것이 되기 위해서는 믿음을 갖고, 집착을 버리고, 기꺼이 맡길 수 있어야 합니다.

한 눈은 보고, 한 눈은 느낀다.

파울 클레 _ 화가

12월 20일

가까운 사람이 시력이나 청력을 잃었을 때, 비로소 우리는 볼 수 있고 들을 수 있다는 것이 얼마나 큰 축복인지 깨닫게 됩니다. 그러나 그 특별한 축복을 충분히 활용하지 못하는 때가 많습니다. 작은 꽃들을 모두 보지 못하고, 작은 소리들도 모두 듣지는 못합니다. 무엇을 보고 무엇에 귀를 기울여야 하는지조차 거의 알지 못합니다.

시간을 갖고 자신의 힘과 능력을 충분히 활용한다면 듣는 것과 보는 것의 경이로움을 체험할 수 있습니다. 주의를 기울이고 마음을 다하여 보고 들으며 우리가 보고 듣는 것이 무엇인지를 깨닫는다면, 또한 마음의 귀와 마음의 눈, 그리고 영혼으로 깊이 듣고 깊이 보고 깊이 느낄 수 있다면 모든 것이 달라질 것입니다. 또한 우리의 삶도 완전히 변화할 것입니다.

질문하지 않는 삶은 살 가치가 없다.

소크라테스 _ 철학자

12월 21일

친한 친구가 세상을 떠났을 때, 여러 가지 감정이 교차했습니다.
사랑, 이해, 감사, 외로움, 공허함, 상실감, 슬픔, 분노 같은 것들이
었지요. 친구는 성실한 삶을 살았습니다. 그의 죽음은 제게 삶을
진실되게, 충만하게, 기쁘게 살아야 한다는 사실을 일깨워주었지
요. 또한 이 삶이 한 번뿐이라는 사실도 깨닫게 해주었습니다.
결국 중요한 것은 내가 현재에 존재하고, 그 사실을 알고 있으며,
그 이유를 알고 있다는 사실입니다.

이 세상을 '영혼을 만드는 계곡'이라고 불러보라.
비로소 이 세상이 왜 존재하는지 깨닫게 될 것이다.

존 키츠 _ 시인

12월 22일

언젠가 나이아가라 폭포로 단체 관광을 갔던 적이 있는데, 일행 중
에는 학습장애 아동이 몇 명 포함되어 있었습니다. 그 도시는 폭포
의 장관을 구경하기 위해 찾아온 수많은 관광객들로 붐비고 있었
습니다. 그러나 가장 멋진 순간은 일행 중 한 아이가 이런 말을 했
을 때였습니다.

"하느님이 저 물을 정말 예쁘게 만드셨네! 다른 강들과는 아주 다
르게 만드셨어. 하느님이 만드신 거니까 물이 떨어지는 걸 아무도
막을 수 없겠지?"

학습장애를 앓고 있는 여덟 살짜리 아이는 폭포가 하느님이 부여
한 임무를 다하고 있다는 것을 바로 깨달았던 거지요. 모든 자연은
이 세상에서 임무를 다하고 있으며, 그 과정에서 아름다움을 선사
합니다.

우리의 영혼이 무언가를 체험하고 싶을 때,
영혼은 그 체험의 이미지를 밖으로 던진 다음
그 이미지 속으로 걸어 들어간다.

마이스터 에크하르트 _ 신비주의자

제52주 우리에겐 대림시기(크리스마스 전의 4주간)가 필요합니다. 그 기간에 우리는 우선순위와 삶의 목표를 바꾸고, 시간을 갖고, 생각에 잠깁니다.

12월 23일

사람들은 힘겨운 상황에서 벗어나기 위해 여행을 하거나 삶에 변화를 줍니다. 그러나 낯선 도시, 낯선 나라에 가거나, 직업을 바꾸거나, 애인을 바꾸는 것으로는 우리 자신을 변화시킬 수 없습니다. 새로운 직업, 새로운 환경, 새로운 관계는 기분 전환이 될 수는 있겠지만 기적을 만들어주지는 않습니다.

우리의 삶에 변화가 필요하다면 변화를 위해서는 고된 노력, 힘겨운 선택, 힘겨운 결단이 필요하다는 사실을 깨달아야 합니다. 진정한 변화는 부단히 추구하고, 자신의 가치관과 행동을 끊임없이 채찍질하며, 과거의 경험을 통해 무언가를 배울 때에만 이루어지는 것입니다.

훌륭한 벗이여, 내게 있어 너는 결코 늙지 않으니,
내가 너의 눈을 처음 보았던 그때의 아름다움을
너는 아직도 간직하고 있구나.

윌리엄 셰익스피어 _ 작가

12월 24일

우주의 아름다움은 놀라운 치유력을 갖고 있습니다. 그 아름다움을 생각하는 것만으로도 치유가 이루어지니까요.

저는 밤하늘의 달이 특히 아름답다고 생각합니다. 달이 떠 있을 때는 더더욱 그렇지요. 지난주에는 푸른 달을 보았습니다. 정말 크고 아름다운 달이었지요. 어린 시절 크리스마스 때, 자정미사에 가기 위해 밖에서 마차를 기다리던 기억이 떠올랐습니다. 지금도 밤하늘의 달을 바라볼 때마다 크리스마스이브에만 특별히 달을 보기 위해 밖에 나가도 좋다는 허락을 받고 너무도 기뻐했던 기억이 떠오릅니다. 그 기억은 크리스마스 미사보다도 더 생생합니다.

고향이야말로 신의 다른 이름이다.

에밀리 디킨슨 _ 시인

일곱 번째 날, 세상을 창조하신 하느님은 휴식을 취하셨습니다. 안식일은 자연의 리듬과 맞추는 박자입니다.

12월 25일

크리스마스가 다가오면 사람들은 고향을 그리워합니다. 이맘때가 되면 다른 이들에게 돌아갈 고향이 없다는 사실을 숨기고, 거짓으로 갈 곳이 있는 척 꾸미는 사람들도 있지요.

고향은 우리 자신이 누구인지를 발견하는 곳입니다. 우리가 어디에서 왔고, 어디로 가고 있는지를 알려주는 곳입니다. 그곳은 우리의 정체성이 만들어진 곳이기도 하고, 사랑하고 사랑받는 법을 배운 곳이기도 합니다. 우리 자신의 마음과 몸, 영혼이 최초로 인식되고 만났던 곳이기도 합니다. 온전하고 안정적인 사람이 되는 법을 배우고, 한편으로는 항상 변화와 놀라움에 마음을 열어두는 법을 배운 곳이기도 합니다.

꿈, 그것은 나를 수없이 관통했다.
꿈은 마치 포도주가 물에 번지듯
내 마음의 빛깔을 바꾸어놓았다.

에밀리 브론테 _ 작가

12월 26일

전 세계적으로 찬사를 받았던 『폭풍의 언덕』은 처음에 출판사마다 퇴짜를 맞던 작품이었습니다. 하지만 작가인 에밀리 브론테는 절대로 용기를 잃지 않았지요. 서른 살에 세상을 뜨기 직전, 그녀는 자신의 용기와 신념에 대해 이런 글을 남겼습니다. '내 영혼에 겁쟁이는 없다.'

꿈은 그녀의 영혼이 두려움에 굴복하지 않고, 늘 밝고 자신감이 넘치게 해주었습니다. 두려움은 외부에서 오는 것처럼 보이지만, 사실은 우리 자신의 마음속에서 생겨나는 것입니다. 두려움과 싸울 힘도 역시 마음속에서 생겨나는 것이지요. 그 힘은 우리 자신보다 훨씬 더 강한 힘과 용기의 근원인 우리의 영혼에서 나오는 것입니다.

하루를 어떻게 보내는가 하는 것이
결국 인생을 어떻게 사는가이다.

애니 딜라드 _ 작가

12월 27일

우리는 늘 어떻게든 오늘만 견디고 나면 내일은 상황이 좋아질 것
이라고 기대합니다. 그러면서도 똑같은 행동을 반복하지요. 하지
만 결국 내일은 오늘과 똑같은 것이 되고 맙니다. 그것은 참삶을
사는 방법이 아닙니다.

저 역시 어떤 행동을 고쳐야 할지를 깨닫기 시작했습니다. 저는 항
상 하루에 너무 많은 일을 해치우려고 생각하고, 하루를 보내면서
거기에다 또 몇 가지를 보태는 습관이 있습니다. 늘 하나를 끝내고
서둘러 또 다른 일을 시작하지요.

하루를 변화시키기란 무척 힘든 일입니다. 하지만 하루가 달라지
면 한 주가 그리고 일 년이 달라집니다.

나는 생각한다.
이미 알고 있는 것을 확인하기 위하여,
내 본성을 회복하기 위하여,
태어난 이후 줄곧 펼쳐왔던 가능성들을
음미하기 위하여,
내 마음의 거울에 우주 속의 내 얼굴을
비추어보기 위하여.

S. 맥납

12월 28일

올 들어 앤 맥휴의 전시회에 초대받았습니다. 그녀는 동판과 도자기로 작품을 만드는 작가입니다. 작품은 정말 웅장했고, 종교적이었으며, 그러면서도 한편으로는 세속적이었습니다. 그중 〈삶의 순환 고리〉라는 도자기 작품이 제 눈길을 끌었습니다. 다양한 형태의 생명이 함께 엉켜 끝나지 않는 고리를 이루고 있었습니다.
삶의 순환 고리는 끝없이 이어집니다. 우리에게 주어진 것은 단지 현재뿐이며, 현재 속에서 우리는 혼자이기도 하고 그렇지 않기도 합니다. 우리는 다른 모든 생명체와 함께 이 삶의 여정에 동참하고 있습니다.

우리는 다시 각성해야 하고,
항상 깨어 있어야 한다.
우리 모두는 우리의 삶을,
비록 아주 작은 부분일지라도
가장 고양된, 가장 소중한 시간에 묵상할 만큼
가치 있는 것으로 만들어야 한다.

헨리 데이비드 소로 _ 시인·사상가

12월 29일

규칙적인 생활을 한다는 것은 편안하고 좋은 일이지만, 때로는 지루할 수도 있습니다. 그 지루함을 떨쳐내기 위하여 우리는 끊임없이 활기와 생명력을 추구하면서 삶을 새롭게 가꾸어야 합니다.

일상을 새롭게 가꾸기 위한 방법 중 하나는 바로 삶을 하나의 정원이라고 생각하는 것입니다. 정원 일을 할 때, 우리는 흙을 새롭게 고르는 법과 꽃나무를 가꾸는 법을 알고 있습니다. 인생의 정원에서도 단조롭지 않고, 활기 넘치고, 창의적인 삶을 위해 마음을 다하는 법을 배워야만 합니다. 그러면 우리 삶은 끝없이 변화할 것이며, 다른 이들에게 삶의 활력을 전파할 수 있을 것입니다.

거칠고 단단한 것은 죽음이며,
부드럽고 약한 것은 삶이다.
너무 단단한 무기는 부러지고,
가장 견고한 나무는 잘릴 것이다.

노자 _ 철학자

12월 30일

얼마 전 고향에 내려갔을 때, 늘 그랬듯이 부모님의 묘지에 갔었습니다. 그곳에서 고향 어르신을 만났습니다. 그분은 묘비 사이를 거닐며 제게 이렇게 말씀하셨습니다.

"매주 한 번씩 여기 온다네. 나보다 먼저 간 사람들을 기억하면서 그들과 이야기를 나누지. 아직도 내 친구들이야. 항상 이야기를 나누니까. 머지않아 만나게 되겠지."

어르신은 전혀 우울하거나 슬퍼 보이지 않았고, 과거에 집착하는 것 같지도 않았습니다. 사실 그분은 마을에서 가장 인기 있고 활기 넘치는 분이셨습니다. 삶과 사람에 대한 친근감이 그로 하여금 죽음마저도 친근하게 여기게 했던 것입니다.

나는 아버지께서 나에게 맡겨주신 일을 다하여
세상에서 아버지의 영광을 드러냈습니다.

요한복음 17:4

12월 31일

매일매일은 삶의 목표를 이루기 위해 주어진 시간입니다. 누구에게나 자기만의 고유한 재능과 소명이 있습니다. 이사야서에 '내가 네 이름을 부르노니, 너는 소중한 존재이며, 나는 너를 사랑한다'라는 구절이 있지요. 소중하고 고유한 존재가 된다는 것은 우리 자신의 한계를 초월한 존재가 있으며, 우리를 내려다보고 있음을 깨닫는 것입니다.

목표를 분명하게 인식하고 있다면 표류하지 않으며, 소명에 귀 기울이고 항상 옳은 일이 무엇인지를 분별할 수 있습니다. 그것이야말로 인생에서 우리가 해야 하는 일이며, 그러한 삶은 우리에게 평화와 행복을 가져다줄 것입니다.

Gardening the Soul
by Sister Stanislaus Kennedy

Copyright © 2001 by Sister Stanislaus Kennedy
Published by Simon & Schuster UK Ltd.(London)
All rights reserved.
Korean translation copyright © 2015 by Yolimwon Publishing Co.
Korean translation rights was arranged with Simon & Schuster UK Ltd.(London)
through Best Literary & Rights Agency, Seoul, Korea

영혼의 정원

1판 1쇄 발행 2003년 1월 27일
1판 2쇄 발행 2003년 3월 20일
2판 1쇄 발행 2007년 4월 16일
3판 1쇄 발행 2009년 4월 27일
3판 5쇄 발행 2009년 11월 4일
4판 1쇄 발행 2015년 12월 30일
4판 3쇄 발행 2020년 3월 20일

지은이 스태니슬라우스 케네디   옮긴이 이해인 이진

발행인 정중모   전화 031-955-0700 팩스 031-955-0661
발행처 도서출판 열림원   홈페이지 www.yolimwon.com
출판등록 1980년 5월 19일 제406-2000-000204호   전자우편 editor@yolimwon.com
주소 경기도 파주시 회동길 152   인스타그램 @yolimwon

ISBN 978-89-7063-982-6 03840

만든 이들 _ 편집 박은경 임자영 이지연   디자인 이명옥